獻給亦師亦友的金聖華

序

林青霞書寫的人生美學

第一次在餐會上遇見林青霞時，她已是三部書的名作家了。十八年前，偶爾半個轉身，她不經不覺從電影巨星的紅地毯一腳踏上文學的綠茵之路。餐會主人金聖華教授語我，「林青霞想見見本家大人」（聖華總愛如此稱呼我），我當然欣然赴宴，並心中興起董橋所說：「我想我真的很想欣賞一下她的絕代風華。」一照面，我終於見到了傳說中的林青霞，我立即感到白先勇說她的那份謫仙的靈氣，不過多了三分東方不敗的英颯，再一想，還是記起瓊瑤那句：「永遠的林青霞」。

二〇〇四年，林青霞寫〈滄海一聲笑〉紀念香江詞曲才子黃霑在哈哈哈聲中的仙逝。這是她初試啼聲之作，她紀念的黃霑原本是最早邀她寫專欄的，但青霞不敢答應，還是馬家輝有緣，也有眼力，是他成為第一個說服林青霞寫文章的人，青霞稱他是她的「伯樂」。青霞第一篇文發表後受到了許多朋友的積極反應，於是有了第二篇、第三篇……一發不可終止。二〇一一年出版了《窗裏窗外》，二〇一四年出版了《雲去雲來》，二〇二〇年出版了《鏡前鏡後》，到了今日，馬家輝發掘的千里馬馳騁文壇已經十八年了。

林青霞寫第一篇文章的那一年，她已經演過一百部電影，她已經榮獲包括金馬獎等多項獎項，她的影迷遍及二岸三地和海內外的華人世界，她已是耀眼的電影巨星。那一年，青霞風華無減，光采逼人，而她沒有揮一揮手，就告別影壇，悄悄地轉了個半身，一腳踏進文學之門。

我本家金聖華教授說，林青霞不知她自己有多才華。青霞在文學上一直虛懷若谷，就像是一隻「披着蝶衣的蜜蜂」，見到文壇中人，不論前輩或同輩，總是不忘討教作文之道，先先後後，馬家輝、董橋、白先勇、張大春、季羨林、林燕妮、龍應台、蔣勳、章詒和等，都因她的真誠，無不吐露一己文章的雕龍訣要，青霞悟性高，又肯轉益多師，不知不覺間修成了林青霞獨有面目的文體。十八年來，青霞在文學路上與她相伴相依，相濡以沫的是她的「繆司」金聖華。她與聖華的交談，會使她文思泉湧；她寫就的文章，得到了聖華的肯讚，才安心送去報刊。青霞始終視聖華是「無形的鞭子」，她的三部曲是在「無形的鞭子」的鞭策下完成的。金聖華是逼使青霞認真對待自己的文學才華的那條「無形的鞭子」。

金聖華對青霞在寫作上做了二件很有心思的事，一是不斷擴大青霞的閱讀範圍，（包括中國與世界的經典文學），另一是陪同青霞親身接觸到文化圈的大師級人物。多年下來，青霞的變化與成長是明顯的，青霞今日的寫作，最受讚賞的還不是「雕龍」的寫作技巧的圓熟，而更是「文心」的美、善境界的昇華。金聖華教授說「影壇的成就，歷久彌新；文壇的發展，如日方中，這就是今日今時的林青霞」。金聖華的新著《談心——與林青霞一起走過的十八年》的二十二篇文章優美地記錄了林青霞由電影人轉為文學人的故事。金・林十八年的《談心》絕對是香港文學史上的一段佳話。我真喜歡林青霞對《談心》所講的一段話：

「剛才在車上把第二十二篇看完了，先給你一個回應，怕你等。要不是在車上，我真想站起來向這篇文章的作者，和她筆下的林青霞敬禮。我好像在看別人的故事，那個林青霞不是我，我感覺自己沒甚麼大不了的，給你寫成這樣，但你寫的事情又沒有一件不是真的。」

繼三部曲之後，林青霞又出第四本文集了。她說：

我的第四本書，跟前三本《窗裏窗外》、《雲去雲來》和《鏡前鏡後》有些不同，主要是想着開開自己的玩笑，也希望在苦悶的疫情生活中博君一笑。因為都是些生活中的小事情、小細節，所以便取名《青霞小品》。

《青霞小品》有二十一篇文章，我一一讀了，我借用倪匡對青霞文章的評語：「好看」，（倪匡把天下文章分為二類，好看與不好看），青霞是最不允許自己寫令人沉悶的文章的。她的文章清暢、靈脫，叫人看了一節就想看下一節。寫人物最難，她偏偏最擅寫人物，還最會說故事，白先勇就勸她寫小說。我不知青霞有無寫長篇小說的念頭，其實，青霞有好幾篇小品，像〈江・雲之間〉、〈乳牛，小牛〉、〈玫瑰的故事〉、〈一條花褲穿三代〉都是「短篇小說」，都可以是中學大學的國文範本。

在這本小品文集裏，青霞寫自己生活中一個個moment的所感、所思、所悟，看來是那麼自如、自放，但細心讀，便知一行、一節都是用心經營的。好的散文，總有一個看不到結構的結構。青霞寫的固然是身邊日常的「生活」，但生活的苦樂到了深處，一進入「意義」層次，就變成了「人生」。青霞的小品，有的寫生活多幾分，有的寫人生多幾分。她曾矢志成為一個「生活藝術家」，而她每每多有人生終極的思考，〈江・雲之間〉寫的是人生的無奈；〈乳牛，小牛〉感悟的是人生之無常；〈笑着告別〉是用笑聲面對「不可知的死」的不懼不悲；〈玫瑰的故事〉講種花人「老王子」付出、給予的人生觀，只願人間多一點玫瑰散發的美麗和愉悅。

無疑地，青霞寫自己和身邊周圍的生活點滴是特別有趣的，當然，有時也會令人陷入沉思。〈我的右眼珠〉〈感受〉〈瘜肉光頭　中指〉〈手機〉〈書房　輸房〉〈歐遊驚魂記〉〈流星〉〈交心〉〈愛林泉〉這些短篇，正面、側面都讓我們看到林青霞的本真、不矯飾、不設防，不在乎完美不完美，放下、付出、愛人，只想別人開心，還會幽默自己；當然，也會開別人的玩笑。這樣的妙人妙文，誰見了都少不了幾分喜歡，無怪乎「愛林泉」的影迷會會員對偶像會愛得如泉之湧，二十三年來，一步一趨，不離不棄，林青霞在他們心中定是「天下掉下的林姐姐」。（我突然想起，愛林泉的「影迷會」應該擴充為「影文迷林會」了。）

讀到〈畫我眼中的你〉，知道青霞跟李志清先生學畫有成後，有個小小的願望，就是「希望能找個沒人認識我的地方擺畫攤」，我不禁讚美青霞追求「真我」自由的人生境界。寫到這裏，我必須說，青霞在〈膽大包天〉一文中，真正展現了她的一個人生境界。怎麼說呢？〈膽大包天〉涉及到我，說來話長，讀者還是請讀原文，一明究竟，何況〈膽大包天〉是一篇「青霞體」的美文。

《青霞小品》是林青霞書寫的人生美學。

金耀基

二〇二二年八月十五夜

永康街的一抹彩霞

去年八月底，《明報月刊》總編輯潘耀明先生來電，說林青霞看到我在月刊的專欄，問我收不收畫畫學生，我第一個反應是，自己時間不多，近年也沒有收學生，就婉拒了。他說先見見面認識一下再說吧！幾天後耀明先生帶着青霞到我位於永康街的工作室「青山水閣」。

門一開，先見到舉止儒雅的耀明先生，然後一位跳脫的女士從身後閃出，真鬼馬！看見我的室號「青山水閣」她說：「嗯！同樣有一個青字！」

進得室內，耀明先生坐在我的對面東拉西扯說着話，這位鬼馬漂亮的女士就站在旁邊，並沒有坐下，眼溜溜捕捉畫室上的東西，對每一樣事物都好像饒有興趣。這些舉動，像極了我，從小我的性格也是對任何事物都充滿好奇，尤其到一個新的地方，也是東張西望，不放過每一樣事物。我想：嗯！好有趣的林青霞！然後她的眼睛又飄向書櫃，想是看一下我平日所讀的是甚麼。看到她熟悉的朋友作家，眼神嘴角也得意起來！談話正酣，她刻意走到另一邊，耀明先生細聲問：如何？放心！青霞這個人學東西很認真的！這個時候我還能拒人千里？只好說：「好吧！我們一星期上一課試試。」就這樣算是收了這位學生。

自此我跟青霞每星期上一課，一課兩小時，第一課她帶來一片茶餅送給我，是上次細心看到我的茶案，知道我愛喝茶吧！還是拜師禮？我並沒有教開學生，沒有甚麼講義之類，每次我們上課都是隨興教，隨興畫，東西畫理、國畫水墨、西洋速寫，畢加索、馬蒂斯、常玉、黃冑、八大山人，任意所之！尋找她的興之所在。其實青霞很有自己的想法，她喜歡充滿情感簡單精煉的線條。我問她學畫的目的是甚麼？她說希望可以隨手用畫筆記下觸動自己的情景，如詩人作家以他的文字記錄所思所感。青霞思緒細膩，內心情感豐富，天生就是一位藝術家。

某天課後約好一起晚飯，跟青霞車去，甫一踏出畫室，她把背上上課的那個重甸甸的大包包遞過來，嫣然一笑，十足是個調皮的小學生！明白為甚麼金耀基教授說她膽大包天！飯局中談到青霞學京劇的事，大家請她高歌一曲，一瞬間青霞像踏出虎度門，清唱起來，進入劇中人物角色，我忽然覺得背後鑼聲鼓響，彷彿置身京劇氛圍。坐在我旁的雷兆輝醫生，細聲跟我說：「記性真好！怎麼記得那麼冗長的歌詞！」我說這是她的專業嘛！青霞在演藝事業經年，功底深厚，人生閱歷豐富，近年對寫作又全程投入，文章寫得越來越好！文學、戲劇、繪畫，有許多共通點，一理通百理明，觸類旁通。繪畫之道，匠氣容易，練得一千幾百次人人都會一手，有氣韻有靈氣難。青霞學畫沒兩三個月就有好作品，出手不凡！如果能夠悟通，她不止是大明星、大作家，將也是位大畫家！青霞這個階段，不需為生活操勞，自由自在做自己最喜歡的事，書畫文章是很好的精神寄託，享受生活，活出真我！

忽然間，彷彿回到了她天真無邪的那個歲月年華，那裏同樣有一條永康街，她成長的永康街！

李志清於青山水閣

二〇二二年春

李志清繪

自序

寫作之路的貴人

第一本《窗裏窗外》是寫在稿紙上，調度段落需要剪剪貼貼，很花費時間。第二本《雲去雲來》裏只有一篇〈仙人〉是用電腦打字出來的，我是電腦白癡，斷斷續續的打，思緒也不完整，非常傷腦筋。自從楊凡介紹我用iPad的app寫作，直到現在我都是這樣寫文章。原來我認識的三位知名大作家董橋、白先勇和金耀基至今都還是寫在紙上的。

回想十八年前初開始寫作，我還不會使用電郵，那時也沒發明微信和WhatsApp，我經常從夜半寫到天明，早上六、七點就傳真給朋友，然後睡覺等回應。現在方便多了，用iPad調度段落只需一秒鐘，塗塗改改也方便。手指一按，無論電郵、微信、WhatsApp，一分鐘之內上海、香港、台灣、新加坡、巴黎、紐約、瑞典可以同時收到，並且即刻得到回應。

寫作讓我的改變很大，我會關注身邊和周圍所有的人、事、物，並投入感情。任何事都可以成為我的寫作材料：女兒的狗狗安樂死，我特別趕回家陪伴她並見證這個過程，我會去查安樂死的資料，了解這個生死歷程，也為女兒和她的寵物留下紀念，寫成一篇文章，名為〈感受〉；我的右眼珠動手術的時候，心裏想的是可以把整個過程寫進文章裏，所以不覺得手術可怕，後來將這個經歷寫成〈我的右眼珠〉一文；手機掉進湖裏，我的心情起伏很大，也意識到自己的反應很不尋常，充滿戲劇性，便以這個體驗作為〈手機〉的開頭。小女兒勸我最好別登，她很酷，認為手機掉了這麼小一件事，哪裏需要寫一篇文章刊登；〈玫瑰的故事〉也是撿到的題材，在澳洲的玫瑰園見到主人，感覺他有故事，因此數次前往拜訪；一直想寫篇關於打麻將的文章，正巧看見五歲小孫女認真打牌的可愛相，靈感不期而至，很快寫成〈書房　輪房〉一文；〈流星〉裏那兩個故事，早前曾經分別寫過，自己總不滿意，這次藉着天上劃過的流星就把兩個毫不相干的故事串在了一起；還有，我學京劇學畫畫這些事都成為自己書寫文章的素材。

我和金聖華經常在電話裏聊寫作題材，聊完大家分頭去寫，寫完再交換意見，開心得不得了。她一直是我信心的源泉，每次我把文章的開頭讀給她聽，或是將初稿傳給她，得她認同後，便更加有信心把它完成。其實聖華對我的文章比我自己有信心多了。

SWKIT 鄧永傑攝影

每當我寫不出東西的時候，她的提示和鼓勵有如醍醐灌頂，當堂令我茅塞頓開。都説寫作是一條寂寞的路，可寫作治癒了我的寂寞症，當我全情投入寫作之時，我忘了甚麼是寂寞。每完成一篇，我會發給五湖四海各路英雄，跟大家研究、討論，聽取他們的意見，經常興奮得睡不着。

我的第四本書，跟前三本《窗裏窗外》、《雲去雲來》和《鏡前鏡後》有些不同，主要是想着開開自己的玩笑，也希望在苦悶的疫情生活中博君一笑。因為都是些生活中的小事情、小細節，所以便取名《青霞小品》。

在此我想謝謝幾位在寫作的道路上，給我最真誠最寶貴意見的英雄們。

謝謝台灣的幸丹妮，是她最早鼓勵我寫作，我每篇文章她都仔細的閱讀不止一次，在我還沒愛上讀書的時候，她便送我一套蔣勳的《紅樓夢》有聲書，還有一套用小楷寫在宣紙上，又輕又軟、方便拿着歪在床上看的《紅樓夢》，並囑我要把這書放床頭，每天翻一翻。她不斷的從台灣寄書給我，我的書架最開始放的書，幾乎都是她送的。我寫《窗裏窗外》只是回憶我在影圈的日子，她指點我要往裏面挖，要有自己的思想，當時我都沒看過幾本書，也實在挖不出甚麼來。

謝謝上海的賈安宜，她是我最認真、最忠實、最熱情的讀者，每讀一篇，都很興奮的與我分享她的感受，有時候也幫我看看錯字，提一點意見。

謝謝香港的王冰，她看完我的文章後會默默的傳 WhatsApp 給我，把我文章不順的地方捋一捋，經她捋過之後通順很多，但她很謙虛，讓我不要告訴別人。

謝謝新加坡的余雲，她有數十年做編輯的經驗，有一雙銳利的眼睛，可以在最短的時間指出我文章的錯字和標點符號問題，並提點我補充內容豐富層次。她特別喜歡看書，只要讀到好文章必定傳給我，看到好書也會推薦給我，自認識她以後，我多數是一整套一整套的買書。

謝謝香港的趙夏瀛醫生，她總是不厭其煩的寫上大篇讀後感，仔細表達她閱讀中的所思所想。

謝謝瑞典的江青，她總是有話直說，絕不拐彎的給我批評指教，啓發我重新思考。

謝謝港大黃心村教授和正在巴黎工作的胡晴舫給我寫作上的寶貴意見。

謝謝董橋，我每篇文章定稿後傳給他，總會獲得兩句金玉良言。

謝謝金聖華，我的繆司！如果沒有她的鞭策，書店裏就不會有林青霞寫的書，我的人生也就不會那麼有趣。

謝謝金耀基校長、李志清老師在百忙中抽空為我的新書寫序。

最後，要謝謝白先勇老師，他不時肯定我的寫作，還口頭頒我一個作家獎。

他們都是我的好朋友，也都是我寫作之路上的貴人。

二〇二二年六月十一日於印尼峇里島海上

一條花褲穿三代

七月七號晚上十點半，我在跟《中國時報》資深主任洪秀瑛討論九號要登的文章〈頑皮孩子倪匡〉，同時與愛林泉的小朋友通信息，選他們的畫刊登，忙得不亦樂乎。等一切都搞定，時間到了十一點，趁金聖華還沒睡再跟她聊聊，通完電話已是零時時分。船上大家都睡着了，我走到甲板，坐回每夜畫畫那個固定的位置，晚風拂面，在群星伴月下，偶而傳來海浪拍打着船邊的聲音。

突然門開了，女兒愛林對着手機邊行邊講話，沒聽清楚她講甚麼，但見她在哭泣，於是上前問個究竟，她哭訴工人把她的貓關在了房間裏，我心想這有甚麼好哭的。她把手機丟在桌上，我赫然發覺鮮紅的烈火和滾滾濃煙從木頭屋角燃燒着，我心頭一緊，那是我們家大屋啊！隨後念頭一轉，一秒鐘的時間，我抱着女兒說我們應該感恩，一家大小祖孫三代都在船上，一個都不少。後來知道屋裏的工人都安然無恙，更是鬆了一口氣。

按照原定計劃，我們七月十五號從印尼回到香港，在酒店隔離了七天，二十二號凌晨踏出酒店大門，見到司機時我恍如隔世。

推着行李回到半山書房，進門第一眼見到的是餐桌上灰色圓托盤裏放着的一條小花褲，托盤裏有腰帶、項鏈，還有一些雜七雜八的東西，這也太奇怪了，在這種情況下，小花褲竟然輾轉出現在托盤裏，又這麼當眼。

我拎起小花褲，輕輕的撫摸着，即使客廳裏堆滿了一個個大塑膠箱子，我的心已飄到遙遠遙遠的過去。

從我記事起，母親幾乎天天趴在窗邊的裁縫機後面，為村裏的鄰居做衣服，她手很巧，上過幾次縫紉課，就能做出令人滿意的衣裳，我和妹妹小時候穿的都是媽媽親手做的，她總是做兩件一模一樣的，給我和妹妹一人一件，還會設計花樣，肩膀的蝴蝶結，袖口的荷葉邊，現在想想，如果她能有機會好好的上服裝設計課，絕不會輸給一般設計師。

這條花褲子改裝前是我年輕時在台北穿過的，價格非常便宜。我婚後生下第一個女兒，母親從台北到香港來探望我，帶來這條褲子，她把它改小了，可愛極了，我非常喜歡。愛林一歲多的時候穿上它，我滿心溫暖，感受到媽媽的心思，

SWKIT 鄧永傑攝影

第二個女兒生下來又接着穿，女兒們都長大了，我把它好好的收了起來。

二十幾年過去了，繼女嘉倩生了老大，我把花褲子找出來，高高興興的給孫女穿上，第二個孫女接着穿，在不同的時間裏，這條小花褲穿在女兒們和孫女們身上，承載着歡樂的氣息，也總是令我想起自己的母親。

兩年前我問嘉倩這條小花褲還在嗎？沒想到她竟然記得，還找了出來交給我，我順手放在衣櫃抽屜裏。這場大火竟然沒有燒到它，還以這樣出其不意的方式迎接我的歸來。我捧着小花褲仔細端詳，起毛了，也難怪，穿了三代，我聞了一下，沒有被煙熏的味兒，拿到洗手間用肥皂水把它搓乾淨，晾乾後塞在衣櫃抽屜中間，說不定愛林和言愛以後生了女兒還可以穿。想着當時家裏沒有縫紉機，母親是怎麼改的呢？剪裁比例這麼好又這麼結實？穿起來肯定是舒服的，不然小孩子不會那麼喜歡穿它。

這條小花褲就這樣穿越了三十多年，每次小寶貝穿上，我都要說一說小花褲的故事，雖然母親不在了，她那一針一線的情意綿延不絕，傳遞到了第四代。

大火沒燒到我的房間，我房間裏最多的就是衣服和書，這些東西都搬來了我的半山書房，堆得滿坑滿谷的，幾乎成災了，自己都嚇到，沒想到我有這麼多衣服。施南生準備搬家，她說，只要兩年以上沒穿過的衣服就會送人，她說她的秘書和工作人員，平常不捨得買衣服，收到她這些剪裁好、料子好的衣服都很開心。我說，兩年？兩年很快就過了，衣服有時都還沒穿到，她說你每天穿的不過就是表面那幾件。是的，有些衣服不捨得粗穿，穿來穿去就那幾件。

這次最大的感受是，身外物真的不需要這麼多，佛家說得有道理，人總是需要的少想要的多。於是我把秘書、管家、會計、助手、女兒和她的朋友都請到我那兒，讓她們盡情挑選自己喜歡的衣服、鞋子、包包。我興高采烈的幫她們挑選搭配，她們試上身到走廊電梯口照鏡子，高興得飛舞起來，見她們穿得漂亮，我直拍手叫好。每個人離開的時候，都歡天喜地的拖着一袋袋裝滿衣服的紅白藍膠袋，沒挑走的就一股腦兒的打包給工人。這麼皆大歡喜的事真是何樂而不為，兩三天就把擺滿整個客廳的衣物清理得乾乾淨淨。

不過，女兒言愛在為失去以前學校穿過的制服哭泣，她是最重感情的，從四歲一直到高中都在同一所學校。那些年年月月穿過的制服她都收藏着。原來再名貴的華衣美裳都比不上有紀念價值的衣服，那才是我們珍而重之想要保存的。

二〇二二年七月三十日

將進酒

火燒大屋，朋友最擔心我的珠寶、衣服、書本有沒有損失。熄火之後，我第一個反應卻是，牆上掛的《將進酒》有沒有燒毀，秘書說一牆之隔，《將進酒》牆這邊沒事，牆那邊卻燒得光光的。火勢沒有蔓延到我的房間，書、畫、衣服都還在。

金耀基大校長的書法了得，他是金聖華的好友，我請聖華幫我約見，校長知道我因為喜愛他的書法而求見，想送我一幅字，問我希望他寫甚麼，我衝口而出《將進酒》，想想有點後悔，這麼多字讓八十六歲的校長寫也太難為人家了，於是我改口喜歡「膽大包天」四個字。過沒多久，他讓我司機去他家，說他有一樣東西給我。我收到厚厚的黃皮紙公文，回到臥室慢慢展開來看，天呀！這是李白的「將進酒」，真是太感動了，攤開來好長好長，金體書如千馬奔騰一氣呵成，沒有一個筆誤，我聞着墨香從頭到尾誦了一遍，這要多大的心力才能寫成的啊。後面還有一小段說明文字。

「林青霞讚我字美，狀甚真懇，我說寫一幅贈你，並問喜歡寫甚麼，青霞脫口說將進酒。

今晚元禎做了好菜，我飲了滿杯金門陳高，興子一來便濡筆寫酒仙太白的將進酒，青霞賞讀時，當飲盡美酒一杯，不忘與太白打個招呼。」

我激動得「呼女將出換美酒，與爾同消萬古愁」，剛好家裏做了我最愛吃的白灼東風螺，女兒端出陳年茅台，一杯下肚，熱腸滾滾，已是人生。

將進酒

金耀基校長與我

張叔平對我真好，他也欣賞金校長的書法，幫我拿去托底，鑲上窄窄的木框，襯托得筆墨更加強勁有力。

火燒之後，金校長聽說我最擔心《將進酒》是否完好，他見我處之泰然就放心的說「我就知道林青霞水火不侵，林青霞就是林青霞。」我說他寫的《將進酒》有神功，他說：「哇！真是火神也有心眼。」這令我想起一件有意思的事，我告訴他：「你知道嗎？我們這個大屋的地段，是我三十年前拍《東方不敗》的外景場地，這裏就是東方不敗的大本營。」

《將進酒》抹去灰塵完好無缺，搬到了我的半山書房，掛在大廳最當眼的位置。那天請了金耀基夫婦、董橋夫婦和金聖華到我半山書房喝下午茶。金校長坐在書桌旁，食指和大拇指托着下巴，抿着嘴望向《將進酒》，似乎很滿意的自言自語：「嗯，這幅字沒有甚麼差錯。」

李白的《將進酒》是我最喜歡的一首詩。我欣賞詩中氣勢磅礴、豪邁瀟灑，對山河、對生命、對交友、對金錢都有他獨到的見解，通篇充滿人生哲理，讀了非常暢快。記得八十年代去巴黎。春末夏初時節，正值歐洲大減價，那才是真正的減價，貨品都在五折以上。我到了Chanel店，簡直買瘋了，從頭頂到腳底板的衣物全部買齊，花了很多錢，真是又興奮又心疼。跟朋友晚餐，座上有范曾，他見我心疼，唸了兩句詩「人生得意須盡歡，莫使金樽空對月」，我聽了眼睛一亮，那我就不用愧疚了，即刻開懷暢飲。他接着吟唱「天生我才必有用，千金散盡還復來」。當下打定主意，回香港把花掉的錢都賺回來。結果回港接了一個剪綵活動，賺了我花的數目的兩倍以上。一千多年前的李白真有先見之明又洞悉世情，難怪他寫的詩歷久不衰。

二〇二二年八月

（左起）董橋、董太、金聖華、我、金耀基校長和金太。

書房　輸房

別的國家有的，中國都有，有一樣東西是中國人發明，別的國家沒有的——麻將！

有一次出國旅行，導遊說做中國人真幸福，還以為他接着會說中國如何如何強大，他竟然說的是「中國人有武俠小說」。他肯定是金庸迷。我低頭暗忖，那我也可以說「中國人真幸福，因為有麻將」。

過中國年，最大的娛樂是理所當然的賭小錢，大人也會故意輸一點給小朋友。我九歲就上桌打麻將，還挺起勁的，媽媽說這樣好，小孩放假不會出去亂跑。

高中畢業後進入娛樂圈，連睡覺時間都沒有，別說打麻將了。嫁做商人婦，忙碌的生活突然安靜下來，每天待在家裏不出門，先生怕我悶，就安排我跟朋友打牌玩。打麻將真是迷人的遊戲，加上我有偏財運，即使技不如人，也能常常贏。

先生送我的半山書房，頭幾年變成了輸房，不是我輸，是人家輸。麻將房裏掛的是施南生送給我的六十歲生日禮物，一幅融合《東方不敗》和《龍門客棧》的造型畫，上書「I know you will never forget me」（我知道你永遠不會忘記我）。每當我吃出一百多番的奇牌，其他三人望着牆上的東方不敗就發抖。奇牌有自摸大三元混一色的對對胡，牌友即刻站起來到涼台抽煙。有起手十三么單吊東風，四張內自摸的，一位七十多歲，打了一輩子麻將的牌友說她從來沒有見到過這種牌。有海底撈月一筒自摸十三么，我摸到那顆大圓餅，叭噠一聲拍在牌桌上，嚇得大家一顫，我說「這牌治病」，其他三家說「你的病好了，我們就病了」。朋友見我牌運亨通都說難怪我這麼喜歡打牌，但是我不願做個不事生產只會打麻將的人，通常打完牌我會有靈感寫篇文章，或看看書，以不負這書房之名。

打麻將也可有領悟的，這就像是四個人的舞台，從這舞台可看出大家的性格脾氣。有的闊太，請客萬元不眨眼，買賣股票、房地產上億的賺，可一上牌桌小小的數目可計較了，輸了區區幾千元脾氣來得個大。我心想她輸的也真太大了，不過輸的不只是錢，是風度，弄得人人都不想跟她打。我常勸她，就當這是娛樂費吧，還有三個人陪你玩，但她就

SWKIT 鄧永傑攝影

是想不開，搞得自己很不高興。有的朋友不是那麼富裕，無論輸多少，還是笑瞇瞇，非常受歡迎，牌品好的人多數性格都好。我是笑看人生，唯一不受歡迎的是，打得慢還要贏。有一副牌我獨聽一張卡二條，對家聽八對半叫八張牌，摸到最後只剩幾張牌時我自摸了，二條最容易摸，我牌都不看就敲在桌上，氣得他退出我的麻將群。另一個同棟大廈的鄰居，在我那書房輸太多次也退了群，寧願捨棄下電梯穿拖鞋睡衣就可到達的地方，而去坐計程車到別的地方打。因為我贏麻將名聲遠播，牌友都怕了我，不願來我家。我只有遠征到外跟三位真正的大高手打擂台，結果連輸十幾場，自信都打沒了，原來一山還有一山高，明白這道理，我從此封牌，閉門看書、寫字、畫畫、唱戲，不亦樂乎。

香港疫情吃緊，所有娛樂取消，家人天天在一塊兒，白天打乒乓球，晚上女兒邀我跟她們打小牌，我是陪太子讀書，輸當然照付，贏也得付錢，連五歲的小孫女都上了桌，她打得可認真了。現在的小孩真聰明，一學就會，還會看生張熟張，人家打張生牌，她會搖搖頭說dangerous。有一次見到他公公，一個大男人站在一個小小女孩後面，吆喝着為孫女助陣，我看他做大生意時都沒那麼肉緊。小孫女要水喝，因為她平常不肯喝水，大人告訴她喝水就會胡牌，所以她一聽牌就要喝水，一口接着一口，每摸一張牌公公就「嘿！哈！」的叫，隨後又「啊呀！」一聲，因為沒摸到好牌，「啊呀」了好幾次，我沉不住氣的大叫「寶貝兒！你要學姥姥用力摸牌才會自摸！用力！用力！」孫女緊張的用小小的手，抓着很大的廣東牌，用盡吃奶的力，按在牌桌上慢慢的拖到自己面前，「叭嗟！」一聲，學着姥姥的東方不敗架勢拍在桌上，大家湊前一看卡張獨聽二萬，看牌的、打牌的全體鼓掌，翻開牌還是大牌呢，混一色，孫女得意的小臉通紅。

小孫女愛上了麻將，常常一缺三找腳，我是一定陪打的，她有一副自己的小麻將，大家坐在地上打，你有沒有見過含着奶嘴打牌的？她含着奶嘴、摸着牌、抱着一樽水、偶而還要回頭看看電視，但是也不會忘了上牌，並且不會漏碰，在姥姥眼裏，這五歲的小姑娘真是水晶心肝聰明人。

曾記得有一年聖誕節，施南生請大家到當時的九龍麗晶酒店去吃法國聖誕大餐，因為客人中只有我和黃露住香港，於是黃露被指派做我的護花使者。聖誕夜車子過隧道會很塞車，我們兩人選搭天星小輪過九龍，下了船人山人海擠得不行，黃露拉着我的手，也幾乎被人潮沖散，我當時有種感覺像逃難。之前聽朋友談起過，香港地小人多，都住在像火柴盒的高樓裏，如果過年過節大家不打麻將，都跑到街上站着，那會是甚麼狀況？

白先勇跟我說，麻將真是我們的國寶，他也愛此道，也想寫一篇麻將經呢！

二〇二二年四月

I know you will never forget me.

中
中
中
二萬
青霞
2022.04.18

畫孫女

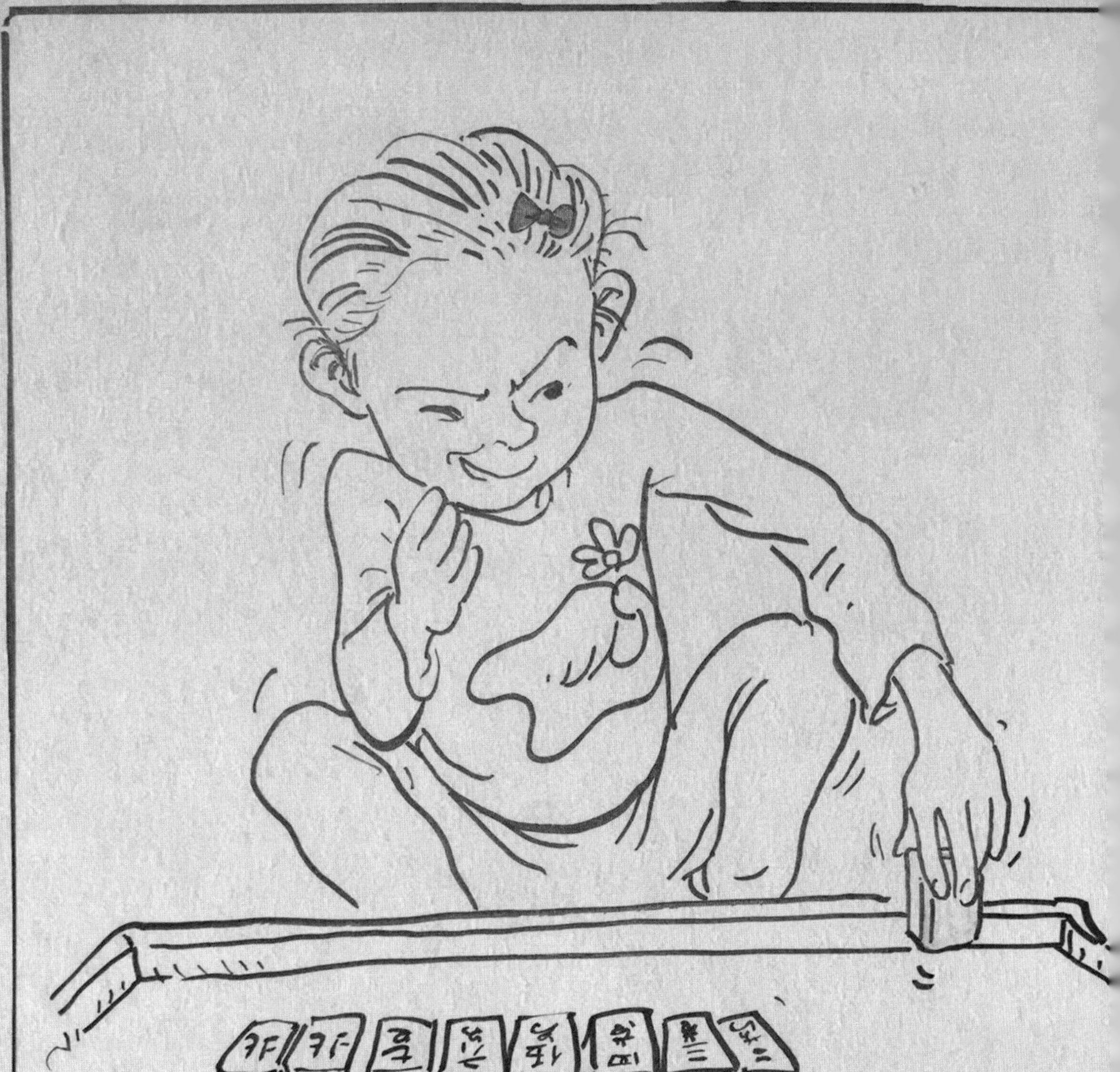

李志清繪

瘜肉　光頭　中指

我有三位相識數十年的女朋友，她們有許多共同點：都是單身，都是美人，都是七十多歲，都生活無憂。

一個是兒時所看電影《菟絲花》《塔裏的女人》的女主角。還沒認識她之前，聽說她出入大酒店，門口許多門房都低頭哈腰的招呼她，因為她小費給得多，一出手就是五百大元。她生活富裕、不愁吃穿，人生哲學就是吃喝玩樂。跟她見面的第一印象就是病西施，老捧着胸口說痛，後來也常聽她這痛那痛的，幾十年過去了也不見她生過病。跟她出去旅行，坐飛機總是隨身一個手推車、一個大包包，我則輕鬆的揹着個小包包，好奇的問她裏面到底裝的是甚麼？原來是許多藥和隨時保佑她的菩薩，有時走在她後面見她拎着大包小包的，感覺她健壯得很。她非常注重身體保養，香港各大名醫都相識，每年健康檢查的費用比我多十倍。那天跟她通電話，她說：「老妹呀！妳老姊照腸胃鏡剪了六個瘜肉！」那六個瘜肉聲音提得老高，我當然知道瘜肉不算甚麼，但還是安慰了一下，約她出來逛街。見了面她又以同樣的語調提了兩次她那六個瘜肉，我再也說不出安慰話，決定嚇嚇她，我說：「老姊！妳不要再提你那六個瘜肉了，說多了，人家一想到你，腦子裏就是六個瘜肉，你想這樣好嗎？」她一聽確實嚇到，囁囁嚅嚅的說：「你老姊只跟你講欸。」

這第二個女朋友，學生時代看了許多她的電影。白景瑞導演的《新娘與我》，電影裏幾個她頭戴新娘頭紗的大特寫，美得直叫我屏住呼吸，說不出話來，從來沒見過這麼美的臉蛋兒。前一陣子，從朋友的朋友的朋友處得知她動了腦子手術，腦殼都打開了，嚇！這可是大手術，怎麼一聲不響就開了腦子？打電話慰問，她以一貫甜美的笑聲說：「這有甚麼好說的，說了對我一點幫助沒有，還得費神解釋。」原來她是從沙發上起身，頭臉撞到沙發扶手，整個臉瘀紫，去檢查，醫生說腦子裏都是血水，得馬上開刀，她當下就決定動手術。問她腦殼有沒有拿下來，她竟然說不知道。傳了一張照片給我，一半是長頭髮，一半是光頭，就像文化大革命時期的陰陽頭，我建議她把頭剃光，難得機會看看自己光頭的樣子，她雀躍的說：「好像蠻好看的，我明天就去剪。」後來約她喝茶吃飯，她戴着一頂不怎麼樣的紫色帽子，說是朋

甄珍與我

汪玲與我

榮雪蘭

友送的，啊呀！我心想，她在《一簾幽夢》裏戴了多少美麗的帽子，這會兒怎麼一點都不講究，我順手從車上拿了一頂我的帽子給她。

這第三個女朋友，我在一九七七年拍《紅樓夢》的時候，跟她有過一面之緣，名字不記得，只記得她很美，老想着有機會再見見她。沒想到再相遇已經是十幾二十年後的事了，竟然大家都記得多年前的剎那交會。她天生皮膚白嫩，十指纖纖，穿的衣服全是名牌，並且從來不重複，手指甲永遠修得乾乾淨淨。她是個虔誠的基督徒，經常到朋友家查《聖經》。一天，去教友家查經，被她家的柴犬咬了手指頭，我想狗咬手指是小事，也沒太注意。後來聽說她住了四天醫院，醫藥費十萬元，心想，至於嗎？其他朋友傳了照片給我，確實咬得深。我這個女朋友，在疫情初期是警覺性最高的，除了戴口罩，還預先發明用透明公事夾做臉罩，進出電梯一定噴消毒水，她說她孤身一人，一定要自己照顧好身體。

經過狗咬手指這個無妄之災，朋友天天進出醫院動手術、刮骨頭（細菌侵入骨頭）、打抗生素。目前正在做復健，醫藥費已累積到之前的三倍，狗主倒也肯賠償，我朋友一分錢不拿，會全數捐做慈善。由於韌帶幾乎咬斷，神經線也受損，她美麗的中指將永遠不能伸直。她虛弱的跟我說十指連心，不光是痛，生活上很多事情都不便，兩個月抗生素的副作用，將來還要面對後遺症，她情緒跌落谷底，說這內心的創傷豈止金錢可以彌補的。看起來，這狗咬手指頭比開腦袋還大件事。

在緊急時刻，狗主沒有接受急症科醫生的提議，找骨骼專科醫生醫治，而錯失黃金時間打抗生素，事後又沒有得到狗主的安慰，她身心受雙重打擊，聽說得了憂鬱病。我到她家探望她，人消瘦許多，講話有點顫抖，見她包紮成好大的中指，不聽使喚的抖起來，她得一邊說話，一邊用左手扶着右手。我說：「這樣好了，你把手指豎起來，我給你拍張照傳給狗主人。」拍完照給她看，我倆嘎嘎嘎嘎嘎！笑得好大聲。她說：「唉！這是我受傷以來笑得最開心的一次。」

有一天，朋友去醫院複診時，剛好碰到狗主人的女兒也去看診，原來狗主的女兒也被同一隻柴犬咬了。過一陣我又打電話慰問，聽她聲音悶悶兒的，我說怎麼了，她說心情不好，牧師和教友來探望她，我問牧師怎麼說？她說牧師講：「神已經出手了。」我：「？」

其實我們四個都是熟朋友，說話也不忌諱。我跟

「瘜肉」說，你看人家「光頭」吭一聲沒有。我跟「中指」說，你這狗咬手指頭，現在還得陪上個憂鬱症，雙重創傷，多不值得。我跟「光頭」說，你除了光頭，好像甚麼都沒發生過，照常開心過日子，沒白活！

二〇二一年七月

我的右眼珠

咻——「啪！」的一聲，羽毛球的橡膠皮圓球正中我的右眼珠。

又是右眼珠。

當年拍《龍門客棧》被竹劍擊中右眼珠，後來拍《刀馬旦》時演我父親的曾江道具槍走火，火星子打中的又是我的右眼珠。

我本能把球拍一丟，捂着眼睛往旁邊走，一會兒感覺好點又繼續打球，打完球還和朋友到連卡佛百貨公司閒逛，突然間眼前全是黑點點，像一盤黑散沙。打電話給剛才一起打球的施南生，她叫我快去看醫生，我才警覺，立刻聯絡唯一認識的眼科醫生林順潮，他多年前和我先生在海南島辦「亮睛工程」，一年內做了兩萬多個免費白內障復明手術。我和林醫生吃過幾次飯，他是貧苦出身，印象最深刻是聽他說他十二歲時幫家裏送貨，最怕是送貨到徙置區的天台學校小食部，一箱箱台灣話梅，每箱五十包，每包一斤，加上木箱一共七十多斤，非常重，他小小的身體得先蹲着把話梅箱從地上擱到大腿上，再架到肩脖，一路爬上天台。幾十年前的事，細節竟然記得清清楚楚，相信少年時那刻骨銘心的鍛煉，令他強壯了，並增強了鬥志力。因為他的努力，最後成為一位眼科醫生，並擔任二〇〇八年在香港舉辦的世界眼科大會主席，憑着「林順潮」三個字，在內地開辦眼科醫院，後來居然還上了市，聽說這是世上極少數做眼科做成上市公司的例子。電話那頭醫生低沉的聲音：「這件事可大可小，你現在過來吧。」老實說，我真有點受寵若驚。這麼日理萬機的人，在我需要的時候正好有空又正好在診所。

我一點沒有怪失手打到我的朋友，但她知道我眼睛的狀況，飛撲到診所來陪我，還抱歉的跟醫生說她是罪魁禍首，弄得我倒不好意思起來。醫生檢查後拍拍我的肩膀告訴我問題不大，滴一個星期的抗生素和另外兩瓶眼藥水就會好的。機會難得，我順便檢查看有沒有白內障，聽說放了晶片能同時治好老花眼，看書不用戴眼鏡。醫生指着剛為我拍攝的眼睛照片，說我黑眼珠中間那一片灰色就是白內障，我當下約了兩個星期後動手術。

回到家裏女兒們都問我眼睛有沒有事，原來南生早已傳了

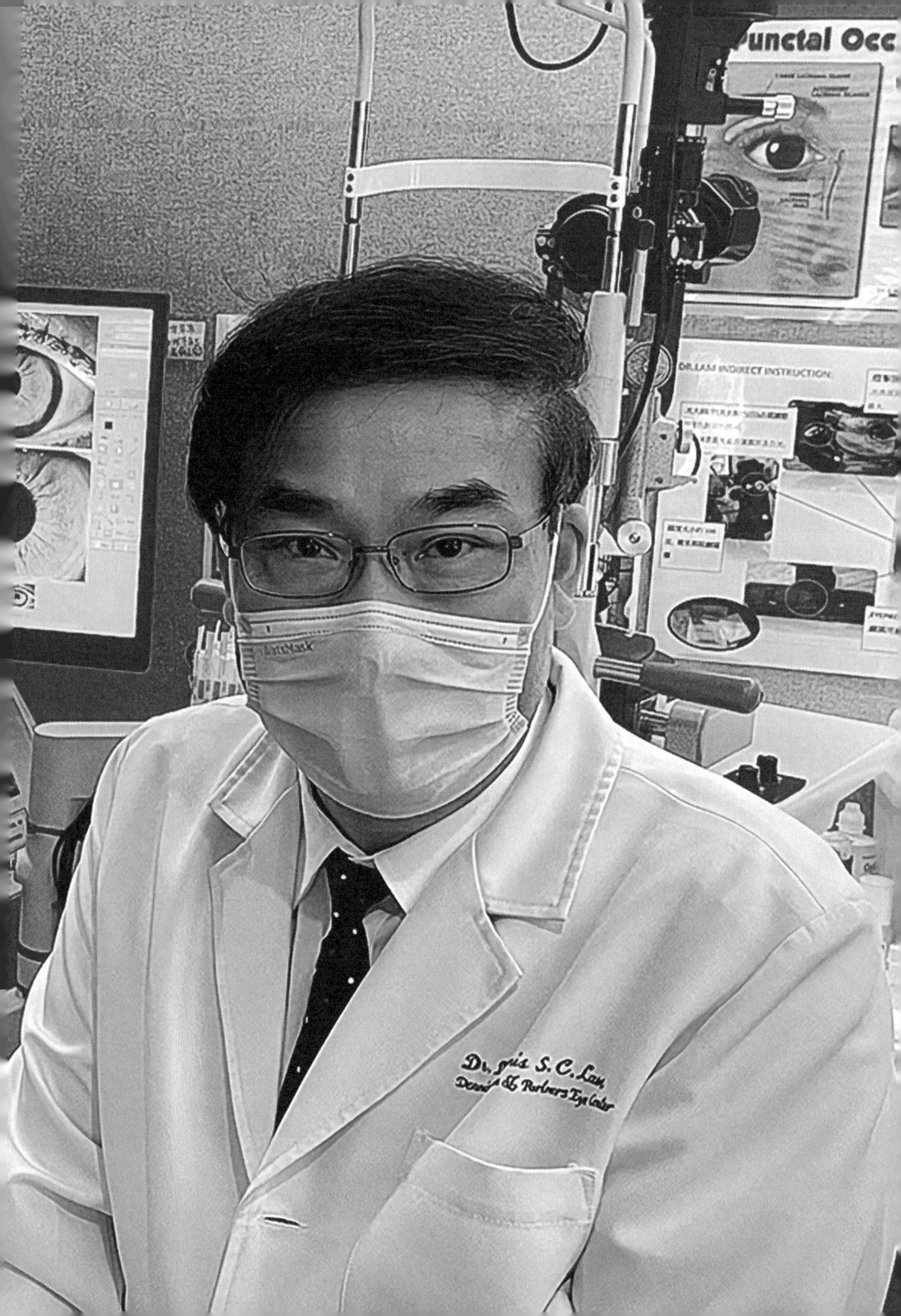
DR LAM INDIRECT INSTRUCTION

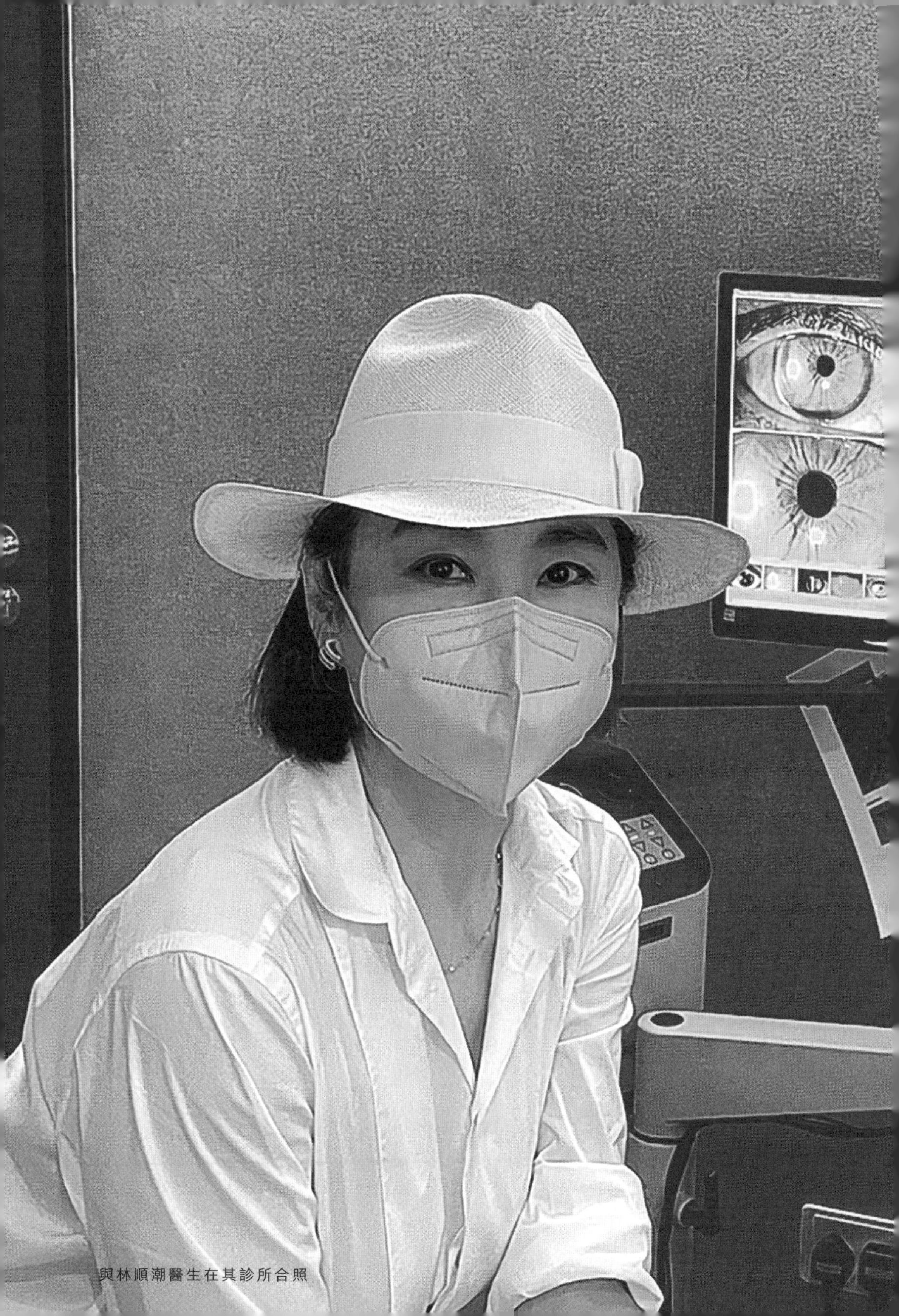

與林順潮醫生在其診所合照

訊息給女兒，要她們關心一下媽媽。愛林主動要求陪我做手術，又一次讓我受寵若驚，雖然不覺得需要，但感覺很溫暖。我們這一代人生活條件好了，從來沒想過勞煩孩子為我們做些甚麼，只問自己為孩子做得夠不夠。

凡是進入診所的人，都得在門口量體溫和填表格，有個女孩過來幫忙。見她低垂的側臉，一頭秀髮披肩，口罩半遮面，只見她黑白分明的大眼睛和一閃一閃的長睫毛，又見她穿的一件肉色風衣，衣身上有幾層同色的薄紗做點綴，在診所工作的人有這樣的穿着倒是少見。到了動手術那天，也是她招呼我，她在前面領路，我在後面欣賞這位妙齡女子，這天她裏面穿的是淺杏色的蕾絲長裙，外罩一件黑西裝，腳踩四寸高跟鞋，鞋底是紅色的，她身材高挑，高跟兒一踩，真是鶴立雞群、高人一等。她手捧着文件夾咵！咵！咵！走得又穩又快，我穿着舒服的平底鞋跟在後面，簡直佩服得不得了。診所裏坐滿了求診的病患，看樣子都等了很久，神情木木的，從進門到醫生的辦公室有一段很長的距離，看到這樣美麗的一道風景線，大家精神為之一振。林醫生的房門打開，走出兩位中年貴婦，見到這位女子，笑着說她可以去選世界小姐，這位美女大概聽得讚美太多，也沒太大反應，要是我肯定要高興半天。

我被安排在一個小辦公室裏等着動手術，也好，可以靜靜的跟女兒談心，在外面這樣跟女兒相處的機會很少，總是心慌慌的怕狗仔隊跟拍，所以我們不太一起出門。從五點開始做檢查、滴了許多眼藥水，預計六點動手術，以為很快就可以走了，沒想到等到七點，護士說還有十一個病人等着，女兒因為約了人有點焦急，我叫她快去，別讓人家等她，我一個人沒問題的。

房間裏有位林醫生的助手，我見她在休息，就跟她聊天，我說剛才見林醫生低着頭寫報告，病人一個接一個，都沒停過，他一定很累，她說是的，林醫生上班都是早上進門，中午不吃飯，一路看診到晚上，我訝異的問：「中午不吃飯怎麼能扛到晚上？手不會抖嗎？」她淡淡的說：「不會，他只是斷食keep fit，不用擔心。」我請他建議醫生去找人按摩鬆鬆筋骨，她微微一笑：「不如你去說吧，我們說他不會聽的。」我端詳這位女助手，誇她身材保持得苗條，她說想胖，胖不起來，太忙，然後告訴我她一天的作息，我建議她多吃飯和水果，加上做運動就會結實長肉，她說沒時間，我因為做普拉提學會運用日常的起坐鍛煉身體，當場示範如何用大腿、小腹和臀部的肌肉起身和坐下。

八點了，大廳裏的人都走光了，醫生還沒出來。我來了幾趟都沒有好好觀察診所的環境，東看看，西看看，突然發現牆上貼着一張白紙黑字的告示：「由於林順潮醫生在香港看診及手術的時間有限（每週只有一天），非常抱歉，林醫生已停止接受一般新、舊症預約，（如有手術需要或屬疑難病例者則例外），病人可選擇別的眼科醫生看診，而當有特別需要的時候，可由醫生轉介給林醫生看診或做手術，我們會盡量安排。」

快九點了，醫生終於來到手術室，我躺在手術椅上，後面播着音樂，也不知道是甚麼樂曲，沒聽過，可能是醫生習慣用的音樂。醫生拍拍我的肩膀，先給我個安慰，說手術快要開始了，若眼睛有痛或呼吸有困難，就要告訴他，否則，聽聽音樂就不會害怕，我堅定的説「不怕！」自從開始寫作，對周圍的事物都會產生好奇心，也常想着感受身處的環境，以收集寫作素材。我的左眼被遮住，右眼被一樣東西撐開了，讓你沒法眨眼睛，突然聽見醫生嚴肅的聲音提高兩度，請護士把音樂聲開大點，讓我聽清楚一點。我一點也不怕，對醫生有信心，任由他宰割。雖然音樂聲很大，我彷彿隱約聽見紅底高跟廓！廓！廓！的聲音，又彷彿聽見兩塊生鐵在我眼珠裏攪拌的聲音，感覺我的眼珠是Oyster（牡蠣），正被刀叉夾來夾去。可能我太放鬆了，醫生叫了我兩次，要我看正前方，時間一分一秒的過去，醫生終於收手了，我問手術完成了嗎？他説是的，我鬆了一口氣説上次左眼只花了八分鐘，這次好像十幾分鐘，醫生很準確的説七分四十九秒，天哪！這叫分秒必爭。

我右眼包着紗布，獨自走出中建大廈的後門，繞出短巷道，中環依舊燈火輝煌，疫情中口罩遮住半張臉，帽子一戴，自由多了，我為自己能夠獨立自主感到高興。

第二天去拆紗布，太奇妙了！眼前的景物清晰明朗，小字也看得清清楚楚，對我來說，最重要是看書清楚，我衝口而出「I'm so happy!」醫生也欣慰的笑了。

我開心的打電話給「肇事者」謝謝她，我說「塞翁失馬，焉知非福！」

二〇二一年六月於香港

交心

第二十二篇，完結篇，金聖華剛剛傳給我，新鮮熱辣，我迫不及待的拿着手機，就着車上微弱的燈光，一顛一顛的看起文章來，車子轉進大屋，我正好看完。時間過了晚上十一點，聖華怕是在培養情緒睡覺了，每次跟她通話超過十一點，她興奮過頭就睡不好，第二天精神很差，因為我總是逗得她哈哈大笑。

「剛才在車上把第二十二篇看完了，先給你一個回應，怕你等，要不是在車上，我真想站起來向這篇文章的作者，和她筆下的林青霞敬禮。我好像在看別人的故事，那個林青霞不是我，我感覺自己沒甚麼大不了的，給你寫成這樣，但你寫的事情又沒有一件不是真的。」我衝進家門立刻回了她這個短訊。

二〇二〇年至今，八百個日子，金聖華至少七百五十天都待在家裏，足不出戶。這對我有個好處，隨時可以找到她，她接到我的電話總會把手邊的工作停下來，跟我閒聊半個至一個鐘頭，這八百個日子通了一千多個電話，有時候一天兩三通，也總是在愉快的情緒中結束。我們的朋友非常好奇，怎麼天天講還有得講？要知道，一個長期受眾人注意的人，如果能夠遇到完全可以信任的朋友，是非常珍貴的，更何況是談得來，互相給予養份的朋友。

在新冠病毒弄得大家草木皆兵、人心惶惶之際，為了安定自己的心，讀書、寫作是我們的避難所，我們每個月會交一篇文章給《明報月刊》，在交談的過程中，她決定記錄下我們相識相知的十八年。在我們相處的日子裏，一句不經意的話語、一個小動作、一起拜訪大師們的經歷，經過她的生花妙筆，即刻串成一篇篇鼓舞人心的動人故事。在她的文章裏，除了我們兩人的情誼，還可窺知一位位大師的風範和學識，還有一些跟故事有關的故事，讓讀者除了看見林青霞不為人知的真面目，同時也增長了見識。

聖華是位學者，可能寫慣論文，對故事的時間地點和真實性抓得非常準確，是花大功夫的，雖然過程辛苦，但精神是愉快的，在疫情加劇的槍林彈雨中，她不停的謝謝我，說是因為寫我，讓她的日子在快樂中度過。香港疫症的人數破萬時，她更是催自己盡快完成這二十二篇文章，及早交稿，結

繪金聖華

金聖華與我（SWKIT 鄧永傑攝影）

集成書。她對瞬息萬變的狀況有迫切的危機感，血壓上升到一百五十度，我勸她見招拆招，壞事不一定會發生，先把自己搞成這樣可不好，她這才定一定神，同意我的說法。我常常幽自己一默，這個按鈕屢試不爽，總能把她逗笑，她笑了我就可以安心掛電話了。

一直嚮往自己能夠成為一個文化人，看完聖華的二十二篇，原來在我跟她交往的十八年中，經她引見，不知不覺中結交了許多文化界的好朋友，是真正的好朋友呢，不是開玩笑的。驀然回首，我的大部份朋友竟然都是大作家，看樣子我一隻腳已經踏入了文化界。

《談心——與林青霞一起走過的十八年》，這個書名非常切題，我和聖華都見證了對方人生中的酸、甜、苦、辣，如果她沒有記錄下來，日子過去了，也就沒了痕跡。其實很多事我都忘記了，難為她記得那麼清楚。一個大博士肯花這麼大的心血把我的生活點滴記錄下來，豐富了我的生命，其實真正該感謝的是我。但是最重要的是，看這本書的人，能從書中得到一丁點感悟、一丁點啓發和一些知識，相信金聖華就算是再辛苦，內心必定是充滿喜悅的。

二〇二二年三月

愛林泉

我是個怕麻煩、怕負責任、怕有壓力的人，所以從來反對影迷們為我組織影迷會。

二〇〇五年收到「林青霞影迷會——愛林泉」送我的第一份生日禮物，不記得是怎麼送到我手中的，一本印製精美的「愛林泉林青霞影視畫册」，裏面有許多我拍過電影的劇照，除了回顧自己過往影劇生涯的歲月，我更訝異於他們製作畫册所花的心思，所費的功夫，因此對這個影迷會留下深刻的印象。之後的每年十一月三日前都會收到「愛林泉」寄來的心意小禮物，每一份禮物都有巧思、都是驚喜，我一一珍藏着。第一隻蘋果手機的外套殼子是他們送的，上面印有我《蜀山》電影的仙女照，我非常喜歡，套在手機上，看着好開心，iphone 換了十幾代，那個套子已不適用，還仍然放在我的床頭。一個東方不敗鮮紅迷你口罩，比我嘴巴還小，搬了幾次家，依然留在我的書架上，出出進進總能看到那個小紅點。一套木製書籤，對着燈光會透出《窗裏窗外》、《雲去雲來》和《鏡前鏡後》我三本書的名字，書籤手工精緻，伴着我消磨了無數個讀書的夜晚。

SWKIT 鄧永傑攝影

二〇一一年在香港會議展中心的《窗裏窗外》新書發佈會演講台上，一眼就看到台下「愛林泉」舉着助陣的大紅布條，那些小朋友來自大陸許多不同城市，之後在各地的書展都看到「愛林泉」的身影，我的新書出版他們也跟出版社聯繫大量團購，聽說這些年辦了許多場我的電影播映和許多跟我有關的活動。

「愛林泉」成立於一九九九年，二十三年以來，這個團體一直都存在，義無反顧的默默關愛着我，這種只求付出不求回報的真情實意感動了我。常常因為自己受到如此惠澤卻無以回饋而深感歉疚，又不知怎麼做才恰當。

六年沒上微博，忘了密碼，上不去，二〇二〇年出版第三本書《鏡前鏡後》，出版社神通廣大，竟然接通了。對於上網這件事實在不熟，慢慢摸索着，有一天突然發現微博裏有「林青霞影迷會——愛林泉」，即刻點進去，那是二〇二〇年十一月二十二號三時三十三分，他們稱之為「空降」。

進群最大希望是能夠在這個園地裏大家都有所得着，都能幫助對方成長。

SWKIT 鄧永傑攝影

「愛林泉」的氛圍是歡樂、進取、幽默、各顯才藝、互相鼓勵、互相安慰、接受和給予祝福的地方。每次上去，看到他們被我逗得哈哈大笑我就高興，其實他們也常常逗得我開懷暢笑。

群裏有人生日、考試、結婚、面試都會得到我的打氣和祝福，讓他們充滿信心的度過所要面對的關鍵時刻。有人生病也會得到全體的關懷和祈福。

入群的時候我正在減肥，常常把午餐拍給他們看，去山頂行山會拍個背影，我稱之為貝多芬（背多分）傳上去。看到美麗的花朵、特別的葉子、好看的風景、家裏來的白鷺、發現好吃的陳皮花生、咖啡巧克力、鍋巴和蛋卷都會想着愛林泉，跟他們分享。他們非常容易滿足，除了偶而要求個貝多芬，其他也不奢望。減肥成功，我拍了一些照片，覺得挺好看，即刻傳給愛林泉，不讓他們餓照片餓太久。

群裏有三個暗語，以便在街上偶遇的時候知道是自己人。第一個暗語「我是女人」，第二個暗語「我不是林青霞」，第三「我是大美人」，無論男女都以這三個暗號為準。現在既然公開了，只好再換密碼。

群裏臥虎藏龍，才藝出眾，有的會寫書、有的會看病、有的會畫畫、有的會刻章、有的會唱歌、有的會彈琴、有的會寫毛筆字、還有會寫詩會打拳的，並且都是職業水準呢。我收到許多剪接加配樂的視頻，欣賞得不得了，一看再看。讀到群裏的好文章就忍不住傳給我熟的雜誌社和報社，也有成功登出來的。甚麼都不會的也會得到我的鼓勵做最好的自己，群裏的人都有個共識，就是做最好的自己。大家聚在一起全是因為愛，因為愛而變得單純、變得善良。

我學唱京戲，群裏要我教，我就一句一句教，我唱一句讓他們跟一句，耐心的教完一首老生「三家店」，雖然各個荒腔走板，還是認真學唱，有一位唱得非常好，她知道我在學這一齣，已經自學了，比我唱得更好，有一位哲學老師不好好學，用講的，我佯裝生氣下線，群裏又是一陣哈哈哈……

我學畫畫，會傳一些畫的素描上去，大家也拿起畫筆畫我，互相欣賞評論。

我會跟他們一起做夢。

「你們至少要陪我二十四年，二十四年後我九十歲我們到瑞典去。」

「為甚麼去瑞典？」

「拿諾貝爾啊！做夢又不犯法。」

然後每個人高高興興的給自己編派工作，所有能想到的職位都被霸佔了，沒有搶到的就負責打小強。還假裝爭先恐後的要在有利的位置跟我拍照，我打趣的説，「美女」和「萬人迷」一個站最左邊，一個站最右邊，不可搶我風頭。「那我醜，可以站在你旁邊嗎？」我用激將法「站在我旁邊的必須得是拿過文學獎的……」這樣也能嘻哈好一陣子。

在疫情蔓延厲害的二〇二一年元旦，一個傻大妞在風雪過後，突發奇想從大學宿舍跑到雪地裏，寫下我的名字、愛林泉、元旦祝賀詞，一大堆字，後來發燒感冒了好久，我知道後又好氣又心疼。

這兩個月，每個星期我會發一篇金聖華寫的《談心——與林青霞一起走過的十八年》給「愛林泉」，要他們在一個小時內寫好讀後感，我會盡可能的回覆他們。聖華大博士有學問，文字好，內容豐富，大家在閱讀文章的同時也能增進知識和練習寫作，一舉數得。

愛林泉每晚十一時三分關燈，大家休息，不得再發訊息，非常嚴格，通常我會在這之前跟大家道晚安。最近才知道，選在十一時三分原來有另一層意思，因為我生日是十一月三號。

疫情下，日子一天天過去，在這充滿正能量充滿愛的園地裏，驀然回首大家已經快快樂樂的過了一年。這一年我領悟到「愛」的unlimited，不是分出去就沒有了，就少了，而是越給越有，越付出越多，我更懂得愛我的朋友和家人，更喜歡帶給他人快樂，並深深感受到讓別人快樂，會增加自己內心的充實和愉悅。

點入林青霞影迷會——愛林泉，會跳出這樣的句子「愛林泉代表着喜愛林青霞的人們，就像泉水一樣滙集在一起，源源不絕。」是的，我感覺到滴滴自然清澈的泉水在我心中流淌，我再把滙集的泉水回流給他們，讓大家都得到滋養，希望泉水源源不絕茁壯自己造福人群。

二〇二二年一月

印尼火山上的雲層

江・雲之間

我這一生中演過唯一的一部舞台劇《暗戀桃花源》，讓我在演藝生涯中上了很重要的一堂課，從此我的演技往前跨了好大一步。

《暗戀桃花源》一九八六年在台北演出，女主角雲之凡由賴聲川導演的太太丁乃竺飾演，一九九一年第二代雲之凡由我飾演。這是一齣長青劇，從開演至今已經有三十五個年頭，這三十五年裏不時推出，每次上演必定場場爆滿。網絡上說這齣戲在學校演過一千多場，曾經有一萬多人參演過。

經常有人讚美我記性好記得住電影台詞，這對我來講太容易了，電影是一個鏡頭一個鏡頭拍，拍攝時只要記住一個鏡頭的台詞就行了，記不住可以重拍。反而舞台劇要記住整齣戲的對白，咬字要清楚、響亮、標準，不能吃螺絲，沒有得NG重來。

賴聲川導演敢把這麼吃重的角色，交給一個沒有上過演藝課程，沒有演過舞台劇，上台又怯場的我，這對我是極大的鼓勵和不可思議的挑戰。雖然當時我已經演過八十三部電影，對於直接面對現場觀眾表演我完全沒有把握，一點信心都沒有，但是導演的信心就是我的信心。

賴導演是個慈悲、善良、有能量的人，他要求所有演員都把對方當做自己家人。確實，這是個團隊，大家要朝夕相處一段很長的時間，台上如果有人出錯，也要能夠隨機應變自救救人，互相給對方打氣加油。

我們每天下午會到排練場排演四個小時，導演坐在一張小桌子後面，桌上一罐可口可樂、一枝筆、一個筆記本、一個劇本，演員則在那個大房間裏對着導演排戲，導演用啓發的方式指導演員，從不示範演出。

早年拍電影多數是導演示範一次，演員就照樣演一遍，白景瑞導演和李翰祥導演最喜歡這樣導戲，演員在攝影機前練習幾遍就上陣。

原先對飾演江濱柳的金士傑已有深刻的印象，在我演《碧血黃花》的時候他是幕後工作人員，有一個鏡頭是我和導演丁善璽夫人蕭蓉坐在床邊，演一段很長的感情戲，導演叫放音樂，樂聲響起，哀怨動人，我們邊演邊流淚，但是NG了很多次，因為每次戲沒演完音樂就停止了，我要求音樂放久一點，只見靠牆坐在地上的金士傑苦着臉說：「導演，這不是錄音機，是我吹的口哨，我只會這麼多。」金士傑是個傑出的舞台劇演員，對我這個舞台新手非常有耐心，陪我重複的排練並小心翼翼的給我提意見，深怕傷害到我。

我把自己當做新人，每天認真的排戲，只告訴自己，不能病，一病就甚麼都完了。連續排了四十五天，排到快要演出的日子，我突然喪失了所有信心，情緒非常低落，導演給我打氣，他說所有的演員在排到最後階段都會有同樣的感覺。

舞台劇真是有一種魔幻的魅力，彩排的時候還忐忑忐忑，到了正式演出，不知道哪來的能量，角色上了身，忘了自己是誰，謝幕的時候，回復真身，聽到台下的掌聲，那種滿足感，是無法用言語形容的。

《暗戀》敘述的是，一對戰亂中的戀人，在上海黃浦灘頭道別之後再沒有見過面，彼此都不知道對方已身在台灣。命運的安排，男的娶了台灣老婆，女的嫁了台籍醫

《暗戀桃花源》劇照，照片由表演工作坊提供，蔡正泰攝影

生，他們之間的思念和愛意卻從來沒有因此而褪色。男主角江濱柳病危，在醫院裏還念念不忘雲之凡，於是登了尋人啓事，女主角雲之凡看到啓事，經過五天的內心糾結和掙扎，終於出現在醫院裏，兩個人分離數十年，互相傾訴這些年各自的經歷，感慨萬千，無限唏噓。

我在台北演出時只能想像上海黃浦江邊的景色，沒想到多年後居然有一天能夠站在上海的舞台上，飾演江、雲在台北重逢的一幕戲，這錯置互換的場景，和江、雲之間的悲歡離合，道盡了人生的無奈和不可預測！

江濱柳和雲之凡寫了許多許多信給對方，這些收不到的情書，給兩個有情人留下一生的遺憾。

二〇二一年賴聲川導演決定排一齣新的舞台劇《江雲之間》，以書信的形式把這個遺憾呈現給觀眾，他請曾經參演過《暗戀桃花源》的演員共襄盛舉，書寫情書。

以下是我以雲之凡的身份寫給江濱柳的兩封信，分別從大陸和香港寄出。

第一封信

濱柳：

多變的戊子年終於結束了，我們倆從黃浦江邊的鞦韆下分手也已一百天了。這些年來，經過抗戰到現在的國共內戰，在紛紛擾擾的亂世中，能夠一家齊全的吃上一頓年夜飯，真是百感交集。

昆明過年，家家戶戶到處都鋪滿了松針，那個味道真好聞……這一刻得來不易，大家不提過去的千瘡百孔，不談將來的日子怎麼過，只是把握現在擁有彼此的這份喜悅。隔着熱鍋上的蒸氣，看不清對方臉上是憂是喜，只聽到一片朗朗的笑聲盪漾在暖暖的屋子裏。

今晚在窗口又望見了一彎月牙，和右下方的一顆孤星，每次在夜晚想起你的時候就看到這樣的景象，彷彿月亮缺失的那一大塊，正是我心裏的空虛，等着你來填補。濱柳，等你。

之凡

民國三十八年一月二十八日除夕夜

第二封信

濱柳：

在香港這一年裏只要有空我就跑到九龍尖沙咀海邊，隔着維多利亞海港望向香港，想像着對岸就是上海黃浦江邊的外灘，我總是癡癡的望着，彷彿望多了你就會出現在我的視線裏似的。香港是個華麗的城市，這麼美的景色我怎麼能夠一個人欣賞，應該有你在我身邊才對，如果是這樣，那該有多幸福，可是現在……唉，這美景，給我的感受卻是極度的寂寞。濱柳，真想找個沒有人的地方放聲大哭一場。

日日夜夜思念你的之凡

一九五一年十月

《江雲之間》裏，一九九八年的雲之凡鼓起了勇氣，在江濱柳的墓前，讀出了她寫給江的最後一封信，江、雲之間從此放下。

雲之凡九十歲給曾孫女的那封信是賴導演寫的，從中可以窺見他透過「暗戀」想要傳遞給觀眾的訊息：「我們短暫停留在這個世界上一小段時間，是誰在寫我們的生命？我們又有多少說話的權利？總的來說，雖然不圓滿，我在人生中還是找到一點屬於自己的快樂和幸福，原來命運是客觀的，幸福是主觀的。」雲之凡要給曾孫女的是這些，賴導演要給我們的也是這些。

二〇二一年三月

林妹妹寶哥哥隔代相遇

賈寶玉和林黛玉在曹雪芹的《紅樓夢》裏相遇，在「紅樓夢」的電影裏相遇，脫下了戲服的林妹妹和寶哥哥在台下也相遇了。

一九七七年在香港李翰祥導演家的閣樓上，小小的電視螢幕放映着一九六二年大陸拍攝的越劇「紅樓夢」，徐玉蘭演賈寶玉，王文娟演林黛玉，導演不停的讚賞兩位演員，說他們唱得好演得好，觀眾入了戲，感覺他們就是寶黛的化身。當時我和張艾嘉即將演出「紅樓夢」，他拿這兩位傑出的越劇演員給我們做示範，告訴我們，只要把戲演好觀眾就會接受，以此為我們打氣。

看了王文娟演的林黛玉，有一個鏡頭深深的印在我的腦海裏，那是她聽到傻大姐說賈寶玉要娶薛寶釵了，在大觀園裏茫然無力的來回跑，不知道要往哪裏去好。王文娟步履輕盈得像柔弱的柳條在風中飄過來盪過去，衣裙隨着她的腳步和身段翩翩揚起。林黛玉體弱多病，性情孤傲，在王文娟的演繹下，絳珠仙子質本潔來還潔去的剛烈，活了！那是王文娟台下數十年功練就出來的。

李導演非常珍惜和欣賞他手上這部大陸拍攝的「紅樓夢」，他頻頻搖頭說：「這部片子沒有了！給燒掉了！」相信他是太惋惜和太喜歡這部戲了，竟然捨棄了他拿手的黃梅調，讓我們唱起越劇來，他是想保留並流傳他心目中最傾慕的畫面。後來才知道，原來這部片子拍攝完成後未在大陸上映，卻在香港上映了，因此李導演會有拷貝。大陸到一九七七年才首映此片，聽說有十二億人看過，轟動得不得了，可以說是那一整代人的記憶，問起生長在那個年代的人，憶起「紅樓夢」都讚譽有加深受感動。王文娟和徐玉蘭是絕配，如魚得水，空前絕後！

誰會想到幾十年後，隔代的林黛玉和賈寶玉會在上海相遇。二〇一八年，李導演閣樓上的林黛玉，在我面前出現了。一九六二年的林黛玉和一九七七年的賈寶玉相會，兩人一見如故，我稱她老師，她堅持要我直呼她的名字文娟。

九十二歲的文娟，身材修長勻稱，腰桿筆直，灰底粉紅花的中國式上衣配一條白長褲，腳踩白球鞋，童顏鶴髮，即使是眼鏡鏡片也擋不住她炯炯有神的眼睛閃着的艷光，我端

王文娟與我相約在上海

王文娟演林黛玉，我演賈寶玉。

詳她就像寶哥哥見了林妹妹那樣稀奇，竟然脫口而出「你有沒有畫眼線？」她微笑的說「畫了。」一切是那麼的自然。

我和文娟剛一坐下話匣子就不斷，我談她當年的林妹妹，告訴她我多麼欣賞泄密那段戲，她談我當年的寶哥哥，說我演繹得青春，並且欣賞李導演設計的服裝、布景、道具和美麗的畫面。我問她有沒有似曾相識的感覺？她說看得出學習借鑒越劇電影的地方。我問她平常做些甚麼？年過九十的她依然上進，不止喜愛琴棋書畫還研究歷史地理，她有一顆赤子之心，對世界充滿了好奇。說了好一會兒才想起晾在旁邊的才子王悅陽，安排我們見面的好友賈安宜，還有文娟的女弟子李旭丹。突然警覺文娟是上了年紀的人，腰桿筆直的坐了很久，趕快拿個椅墊讓她靠着。

在靜安香格里拉酒店行政酒廊裏，旭丹為我們清唱了一段「天上掉下個林妹妹」和「黛玉葬花」助興，文娟面帶笑容滿意的欣賞她得意門生的表演，不知不覺已消磨了三個小時，文娟始終一派優雅嫻靜的端坐着，我那遞過去的大紅椅墊毫無用武之地，窗外夕陽的金光斜斜的照進窗裏，文娟起身告別，雖然意猶未盡，我也不好讓她久留。臨走她送我一本她寫的《天上掉下個林妹妹》，我送她我寫的《窗裏窗外》和《雲去雲來》。

二〇二一年八月六日凌晨，王文娟先生仙逝，她九十五歲的生命，有八十三年是花在鑽研、演繹和傳承越劇上，難怪她會說，「我的命根子是戲」。

王文娟先生的戲夢人生，從她十二歲由家鄉浙江省嵊縣到上海投奔表姐竺素娥開始，她跟表姊學唱小生和花旦。，十九歲就獨挑大樑。二十一歲以一齣「禮拜六」在上海灘一炮而紅。二十二歲時就和徐玉蘭搭檔，後來成立紅樓劇團，兩人並肩合作超過了半個世紀，演出了許多膾炙人口的舞台作品。九十高齡依然繼續指導提攜後輩、傳承越劇藝術。

很欣賞她的人生哲學「台上演戲複雜一點，台下做人簡單一點」，可不是，戲台上她把「質本潔來還潔去」的詩魂林黛玉演得絲絲入扣、動人心魂。戲台下越劇院領導曾擔心的問：「你演得好林黛玉嗎？」她回答得乾脆利落：「演不好，頭砍下來！」

王文娟先生一生得獎無數，光是終身成就獎就拿了幾個，我認為最值得一提和最有意義的一項是「國家級非物質遺產代表作『越劇』傳承人」。

如今天上掉下的林妹妹又回到天上去了，在雲去雲來間。或許哪天我們不經意的仰望天際，林妹妹會在雲裏出現呢！

二〇二一年八月十五日

王文娟與我

春天即將來臨

這一年，三百六十五天裏，有七十億個故事，每一個家庭，每一個人，都在巨大的變化中戲劇性的活着。

這一年，每一個人的故事裏都有一個共同的敵人——新型冠狀病毒。

這一年，我幾乎天天跟好友江青和金聖華通電話，江青有個偉大的醫生兒子，他在瑞典醫院的急症室工作，每天超時，放假也不肯休息，累得虛脫，卻毫無怨言的硬撐，急症室裏病人多，醫院防護措施不夠，沒有防護衣，政府規定全國醫護人員如果病了不准做核酸檢測，怕到時醫院不夠醫生護士，她兒子漢寧發高燒，失去味覺、嗅覺，就回家休息幾天，燒退了再繼續工作，孫女禮雅流鼻涕，幼兒園請家長領回，媳婦也感到十分不適未能上班。江青的心懸在半空中，欲哭無淚，感到極度無奈，但是兒子像他父親，對社會有莫大的使命感，她能說甚麼？電話裏我們都靜默了，實在說不下去，她始終是個堅強的女性，最後她說：「我寫文章吧，只能這樣。」她拚命的寫、寫、寫，一年裏竟然出版了兩本書《我歌我唱》、《食中作樂》。後來江青告訴我，瑞典政府終於同意醫生可以檢測了，證實她兒子確實得過新冠肺炎，還好已經事過境遷、雨過天晴。

金聖華非常嬌柔，自知是高危一族，一年三百六十五天，在家裏至少待了三百四十多天，我們經常一天通兩次電話交換讀書心得、談論疫情感悟和生活點滴，她在自己的公寓裏散步、讀書、寫文章、彈古箏、上Zoom教學，倒也怡然自得，毫無坐困愁城之感。

江青和金聖華的知交鋼琴詩人傅聰得新冠肺炎去世，十二月二十九日早上江青邊哭邊告訴我這個消息，我驚聞噩耗，立刻通知聖華，在電話裏她已哭得肝腸寸斷，說她無法接受這個事實，她們都痛惜一個偉大藝術家的逝去。江青不停的訴說她和傅聰近五十八年交情的點點滴滴，聖華把所有有關傅聰的文章都翻出來看。我算算《明報月刊》一月十號是交稿登二月號的期限，勸她們把內心的哀傷寫出來，這樣會好過一點，二人這才收起淚水忍着悲痛，寫下致鋼琴詩人的悼念，我數日不敢打擾直到她們寫好傳給我，聖華已是數度胃抽筋，江青也已筋疲力盡。

白先勇對金聖華〈將人心深處的悲愴化為音符〉一文的回應是，「聖華：你這篇紀念傅聰的文章恐怕只有你能夠寫得出來，你寫得如此莊重、體貼，而又感人至深。首先傅聰是位傑出的音樂家，你把他對藝術的尊重、自律的嚴謹、對音樂的敏感，都細細的敷陳了出來，其次傅聰是一個性情中人，這點你也生動的把他描繪了出來，他真是蕭邦的解人，他也像蕭邦那樣愛他的祖國。你是那樣的疼惜他，你替他手指敷貼繃帶——真是感人。這是一篇大文章。先勇」

金聖華對江青的〈送傅聰——揮手自茲去〉也有回應：

「江青的長文看完了，她是個奇才！

她的文字有血有肉，畢竟是跟傅聰相交五六十年的至交！

她的記憶力驚人，一件件往事娓娓道來，令人動容！

她筆下的傅聰是多麼立體，多麼感人！

她敏感而直率，也是個性情中人！

這是一篇傳世之作，也是她所有文章中的頂尖之作！」

江青和金聖華雙劍合璧懷念傅聰，對她們來說也是一件極為重要的事，我除了傷感，也為她們二人能寫出這樣的好文章而感到

二〇一三年十一月，傅聰來港演奏，我們在後台合照。

高興。

這一年，我本着逆境求存的心態，除了運動就是看書、寫文章，許多時間從晚上看書到天亮，一生中從來沒有在這樣短時間裏看過那麼多書。使我深深體會到讀書的樂趣，有時從外頭回家，會感到一絲絲喜悅，因為有張愛玲等着我，因為有白先勇等着我，因為有米蘭昆德拉等着我，因為有杜拉絲等着我，有好多好多作家等着我。最開心是在疫情中出版了我第三本書《鏡前鏡後》。

二〇二〇年聖誕節前夕我下定決心要早睡早起，把以往天亮睡午後醒的習慣改過來，把疫症期間加在身上的十磅肉減掉。到目前為止基本上這個目標已經達成，每天十二點左右睡覺，早上八九點左右起床，體重也輕了十磅。

二〇二〇年十二月十九日那天，一隻貌似仙鶴的白鷺來到我家後院，時而棲息樹間，時而展翅高飛，自此以後每天都來，牠是來報告喜訊的嗎？是的，新型冠狀肺炎的防疫針已經發明，各個國家都陸續開始接種疫苗。希望這個世間共同的敵人盡快離去，所有人的生活都能回復正常。

冬天的腳步已經漸漸遠去，我們正在迎接春天的來臨。

二〇二一年一月

乳牛，小牛

「乳牛……小牛……金箔……小牛……乳牛……」斷斷續續、昏昏沉沉、混亂、跳躍的話語，只有這幾個字是聽得清楚的。楊惠姍想起曾經花了許多時間思索如何能把乳牛和小牛相依相守的神態，在她的琉璃作品「乳牛帶小牛」中勾勒出來。病床邊，惠姍極力把張毅想說的話幫他拼湊起來，

她問：「母牛是誰啊？」

他說：「傻瓜，就是你啊……」

她又問：「那小牛呢？」

他說：「我啊……」

然後接着說：「沒有母牛，小牛早就死了……沒有母牛，小牛早就死了……沒有母牛，小牛早就死了……」

這是張毅留給惠姍最後、最清楚的鏡頭。

電話的另一端，惠姍已止不住的抽泣：「最終他牽掛的還是琉璃工房的作品，他一生對文化的追求，藉着每一件琉璃藝術品，像佈道一樣傳播他的文化理念，他恪守着尊嚴……他的尊嚴……尊嚴，直到他走的那一刻都沒有改變，他一生都沒有改變……」她敬重的說「我的生命裏如果沒有遇見

他，可能就只會吃喝玩樂，甚至不會……」我猜想張毅是用盡僅有的氣力，表達了他和惠姍之間的愛和相互依存。他們二人的關係不只是夫妻愛人那麼簡單，他們也有母子、父女和師生之情，惠姍暱稱張毅「爸爸」，張毅暱稱惠姍「媽媽」。張毅將他的「透明思考」毫無保留的傳授給惠姍，惠姍像海綿一樣的完全吸收，縱身跳入火海，燃燒自己照亮張毅，在他們互相映照中，創造了一個富有文化的理想國。

二〇一〇年世界博覽會在上海舉辦，我參加的文化旅行團，最後一站是去參觀博覽會。張毅和惠姍盛情的邀請全體團員於上海琉璃工房博物館晚宴。餐前張毅帶領我們五十多個團員參觀他和惠姍精心打造的博物館，自博物館大堂拾級而上，有一處平台，牆上寫着好大一個「仁」字。張毅在前面走，我們跟在後面，他如孔子帶領門生，向我們解釋這個「仁」字的涵義。孔子儒家思想提倡「仁」，是希望每個人發展自身內在的潛能，建立良好的品格，推己及人，進而積極行善。張毅特別強調：「二人，簡單的來說，二（兩）個人，相處得好就是仁。」就這樣我們一行人站在樓梯上，

聽他上了十幾分鐘的「仁」之課。在我眼裏，張毅就是一位仁人君子。四十多年前，第一次見他，是在洛杉磯，那時我正在主演陳耀圻導演的電影《無情荒地有情天》，拍攝期間不時見到一位高大英俊的男士遠遠的閃過，他總是穿着紅色米色相間的格子大襯衫，襯衫打開着，裏面套一件白色T恤，下着卡其布長褲，斯文而有書卷氣息。直到拍完整部戲，我們都沒有講過一句話，甚至沒有聽見過他說話，二三十歲的人如此不苟言笑倒是少見。近二十年來，我們偶而會和共同的朋友一起聚餐，他永遠是應對得體，口齒清晰，說話條理分明，從他言談之間不時流露出他所信守和想傳遞的文化思想。

有一次在香港欣賞張毅和惠姍聯合舉

辦的作品展，惠姍創作的透明、抽象、充滿靈氣的琉璃作品，上面刻有金箔燒成的書法，那是張毅的文字與書寫，是名副其實的透明思考。「見山不是山，見水不是水」我喃喃自語，惠姍聽到了，興奮的說那幾天她接受訪問時都在說這兩句。張毅的作品像磐石，重得有份量，形狀自由，在似與不似之間，頗有老莊思想的意味。他們二人一重一輕，相輔相成。重輕之間，自然呈現出平和的境界。

二〇二〇年農曆七月十六是惠姍的生日，因為張毅住院而取消了生日聚會。一天，惠姍拉開抽屜看到一張紙，發覺是張毅為她準備的生日餐單，她有個不祥的預感，彷彿張毅是要跟她過他們一起的最後一個生日。張毅請他姪兒代

張毅、楊惠姍與我。

他買了一束花，附在花的卡片上寫下「永遠沒有來不及的愛」。說到這裏惠姍又抽泣起來，電話那頭傳來微弱的哭聲，我只能輕輕的說「你們的愛三十年前就趕上了，這三十年你們日夜相守，每一分每一秒都沒有虛度，這是多少世才能修到的緣份啊，如果你抱着感恩的心，就不會太傷悲。」她停了一秒，說，「是的」。想起希臘哲學家蘇格拉底所深信的，人的肉體只是靈魂住的房子，靈魂是永遠存在的。我跟惠姍說：「你跟張毅現在更親近了，他的靈魂就住在你的心房裏，你們二人合而為一，成就了『仁』這個字，你就繼續透過作品，記錄他的思想，進行你們二人的藝術創作吧！」

讀過張毅一篇散文，他寫道「我的電影，要從死亡開始。而死亡，需要學習，明白了死亡之後，生命的意義，對我而言，至少是豁然清楚。我經過對別人的觀察，逐漸發現很多人不太接受，也看不明白，就算你努力地說了，他也不容易感受，我只能說，很多經驗，尤其對生死，得親自體驗，人不經過不切身，但是，遺憾的是：你經過了，就回不來了，這，算是一種黑色的啓蒙嗎？」

張毅導演惠姍主演的女性電影三部曲《玉卿嫂》、《我這樣過了一生》、《我的愛》口碑票房都好，得獎無數，在他們電影事業最輝煌的時候離開影圈，創辦琉璃工房。他們的琉璃藝術作品在世界上許多博物館和寺廟都有展出和收藏。張毅說「我和惠姍離開電影二十多年，琉璃工房一路走來，我們絲毫沒有想過電影的事；因為a-hha（張毅動畫創作）我們又談起電影。很多小朋友興致勃勃的問：『聽說您以前是個導演？您還會拍電影嗎？』我完全沒有回答，心裏想：『並沒有人真正關心這個問題的答案的，你省省吧。』我突然想起，最近醫生告訴我，我因為有心肌梗塞的問題，又有腎動脈的問題，我的腎臟有一邊的輸血量已經愈來愈萎縮了。這又是甚麼意思呢？我只能說：曾經滄海難為水。」

乳牛，小牛，金箔，張毅是想要把惠姍創作的「乳牛帶小牛」鑲上金色的光環？曾經滄海的他，甚麼都已成過眼雲煙，唯有和惠姍的愛才是永恆的。

二〇二〇年十二月

笑着告别

南生又流眼淚了，她不知為她的親人、朋友、職員流過多少淚。人世無常，尤其是到我們這個年齡，上一代都沒有了，我們成為最頂尖的一代。她朋友滿天下，這些年面對了許多人世間的生離死別。南生是個非常重情感的人，我常勸她要放下，她總說「需要時間！需要時間！」，我叫她盡量把時間縮短，她則說「我正在試，我正在試」。我常在想，她瘦弱的身體怎能禁受得起這許許多多悲傷的包袱。

這會兒她又哭了，我就知道不妙，原來石天走了，電話裏還沒等我開口，她就說「我需要時間，我需要時間」。她也是的，張國榮都走了十八年，只要我一提起國榮，她一定擦眼淚。這一回是她的革命戰友，新藝城電影公司三巨頭之一，得的是肺癌。石天在新藝城的時候風風火火熱鬧滾滾，沒想到走的時候卻選擇靜悄悄的不打擾朋友，原來石天走前交代家人，火化之後才宣佈。

南生說總是要做點甚麼懷念一下，不能說人走了就沒事了。往年新藝城的伙伴每年一次都會在九龍尖沙咀的福臨門聚餐，所以她約了新藝城另外兩個巨頭麥嘉和黃百鳴，還有泰迪羅賓、曾志偉、張艾嘉在同一家餐廳聚會，我說到時候你們哭成一團，這飯能吃得下去嗎？去餐廳前還忐忐忑忑，不知道一會兒是甚麼情況，該怎麼應對。進了房間，南生、麥嘉、黃百鳴、張艾嘉、泰迪羅賓已經到了，都靜靜的，眼見南生隨時準備掉眼淚，我跟黃百鳴握握手，拍拍麥嘉的背以示安慰，麥嘉笑着說：「沒事，很好啊！很好啊！我最欣賞瓊瑤講過的話，第一要活得好，第二要活得久，第三病了要走得快。所以很好啊！幹嘛要哭！有甚麼好哭的！」我在重看《斐多》這本書，正好派得上用場，即刻接口，「蘇格拉底說『生是死的開始，死是生的開始』，靈魂永遠在那兒。」南生還是偷偷的擦眼淚，曾志偉過了點還沒到，南生打給他，原來他在又一城另外一個飯局，他忘了，說即刻趕過來。

等人都到齊了，我提議大家拍一張哭前照，等吃完飯再拍一張哭後照。大家就坐，特別留了一個上位給石天，為他斟上紅酒，飯桌上也時而挾菜到石天的碗裏，我開玩笑的說，一會兒酒少了，把大家嚇死。

（左起）麥嘉、黃百鳴、施南生、
我、張艾嘉、泰迪羅賓和曾志偉。

原來新藝城三巨頭草創時期，自覺三個臭皮匠，應該找一個形象好，有學問的人，讓公司看起來像個樣，於是找了施南生，南生英語嚦裏啪啦，公司需要美國化妝師或技術人員，就請南生包辦。聽曾志偉說，麥嘉家裏有一個小房間取名奮鬥房，每天晚上十一點他們幾個都會在那兒聊劇本，直到天亮。志偉說五六個人擠在一個小房間裏，走路經過都得側着身子走，他們在那兒興奮熱烈的討論劇情，新藝城許多大大賣座的電影就是從這個小房間裏撞擊出來的。那時大家都年輕，勇往直前，甚麼都不怕。新藝城裏有許多熱愛電影的工作人員，有時就直接睡在樓上辦公室。我八〇年在美國待了一年半，回到港台，電影圈已經變了天，全是新藝城的天下，只要新藝城出品，部部都賣得滿堂紅。

餐桌上的話題有國事、家事，最多的話題是新藝城的趣事，幾乎每一步的奮鬥史和血淚史都因着他們的幽默感和詼諧的話語，變得特別有趣。大家給逗得哈哈大笑，一掃陰鬱的氣氛。

麥嘉學佛，有許多感悟和人生大道理，分析事情條條有理，非常有權威性，讓你沒得反駁，所以大家叫他「權威麥」。我拍過他監製和主演的喜劇片《橫財三千萬》。黃百鳴數十年不變，還是一副小生款，練得八塊肌肉，非常健碩，人稱他「樂觀黃」，我拍過他做老闆的《白髮魔女》。石天也有個外號「悲觀石」，我拍過他監製的《奪命佳人》。在座不太多話的艾嘉也憶起當年拍《最佳拍檔》前，石天半夜打長途電話到到台灣，叫她到香港演差婆的趣事，我跟她合演過《金玉良緣紅樓夢》。泰迪羅賓紥着小馬尾，不胖不瘦，臉上多了幾條皺紋，其他的一點沒變，他說自己老了，站起身來叫我們看，他快走幾步，又慢走幾步，說他快走沒事，慢走就搖搖晃晃，我馬上提醒大家站起來的時候，先站定不要直接轉身，千萬不能跌倒。麥嘉打趣的說，你看，我們現在的話題竟然是這些。泰迪羅賓講話條理分明很有邏輯，大家都叫他「邏輯賓」，他和我一起主演過新藝城的《我愛夜來香》，票房非常好。曾志偉最逗趣，說了許多跟新藝城有關的笑話，有一則，說是他在新藝城拍的第一部戲《彩雲曲》，從台灣匆匆趕到，沒理髮，拍攝現場那個幫他理髮的是劉德華，劉是《彩雲曲》的演員，據說他之前是在尖沙咀天香樓餐廳斜對面做理髮師的，所以他會修頭髮。我跟曾志偉也曾演過對手戲。新藝城最盛的時候，施南生是管家婆，每次的慶功宴裏，總見她神采飛揚的招呼賓客，說的笑話搞得場子非常熱，我跟她合作的次數最多。

每個人聊起新藝城都滔滔不絕，直到過了餐廳打烊時間，才意猶未盡帶着愉快的心情離開，我走在最後，回頭往石天的座位打個招呼「石天拜拜！」他們也回頭跟石天道別，出了餐館，各上各的車分道揚鑣。

石天留給我最難忘的印象，是七十年代中我來香港拍戲，他做一個小角色，我跟他只有一個下午的戲，他說話幽默、又會搞笑，我對他印象非常好。記得收了工，他手上拿了一串小攤販上買的魚蛋，見我過去馬上又買了一串遞給我，我最喜歡吃攤上的魚蛋，他那輕鬆自在的樣子，讓我感覺像是回到了學生時代，特別高興。

別了，石天，祝願你的魂魄能夠找到一個適當的住所，再一次重生，再一次復活。

二〇二一年十一月十一日

感受……

二〇二一年五月二十六日，一個風和日麗的下午。我在車上，電話中金聖華問我去哪兒，我說：「去嘉倩家，她的狗馬上就要被安樂了，我得趕去。」聖華驚叫：「啊喲！這麼可怕！你去幹甚麼？」我想了三秒：「感受。」她疑惑：「這有甚麼好感受的？」我說：「感受那生死一線之間，感受在場的人和狗的生離死別。」

Barksdale是一隻中型Poodle狗，是二〇〇七年女兒嘉倩收到的禮物，這名字來自當年很火的HBO電視連續劇，《The Wire》裏面的黑社會老大。牠來的時候就像個咖啡色絨球樣，在地板上滾來滾去，非常可愛。自此以後這一人一狗在家裏形影不離，嘉倩抱牠像抱小孩一樣，直着抱，經常用手搔牠脖子前面的位置，頭埋進牠的毛髮裏親吻牠。曾幾何時牠的毛髮已轉成金黃色，手腳生的老長老長，能夠兩臂環抱女兒的脖子，有時我們吃飯，牠跳上餐椅坐着，好像很懂事似的看着大家，人人見了都說牠像個人，大概牠也以為自己是人，哪裏是中心，牠就當仁不讓的往中間一坐，並且只跟人玩不跟狗玩。

經常在夜深人靜，我專心寫作時，就會聽到噠！噠！噠！的腳步聲，然後見到高腳七 Barksdale 出現，隨後是嘉倩打着赤腳靜靜的從牆後閃出。嘉倩傷心的時候，牠會急得在她身邊轉來轉去，看到我出現就像找到救兵似的望望我又望望她，像是要我好好安慰她似的。到嘉倩臥室聊天，一張雙人床，左邊她睡，右邊牠這傢伙頭靠枕頭，身蓋被子，不吵不鬧，靜靜的聽我們講話，我只得委曲自己坐在床尾，以免礙着牠。Barksdale 生嘉倩氣時，會在床中間大一坨大便，然後坐在旁邊看嘉倩的表情，嘉倩竟然不揍牠。有時看不慣牠這麼受嬌寵，便給牠個暗虧吃，牠也不記仇。有一次嘉倩讓我輕輕打她，試下牠的反應，這回牠可不肯饒我，直對着我吼了五分鐘，咳得喘不過氣來。嘉倩跟 Barksdale 就這樣互相依偎，共度了十幾個春秋。

五年多前，嘉倩有了女兒才搬出去住，這時全家的注意力都放在小寶貝身上，Barksdale 頓感失寵，常常在喉嚨裏對 Baby 發出怒吼的呼嚕呼嚕聲，嘉倩怕出事，只有忍痛安排牠跟其他狗一起生活，雖然有工人細心照顧，我總感覺牠被打入了冷宮，還好嘉倩經常去探望牠。有幾年沒見，再相見時牠的毛髮已變得好淡好淡，盡顯老態。在大孫女五歲，小孫女兩歲時，大家覺得該把Barksdale請出來養老，牠出關以後火氣已沒那麼大了，老小也能和平相處，這也奇了，家裏十幾隻狗，兩個孫女對Barksdale特別親近，特別喜歡。七、八個月前，聽說Barksdale經常咳血，我見到牠步履蹣跚，臉上的毛給剃掉一大半，另一邊毛上沾着血漬，非常狼狽。嘉倩的爸爸跟她說，牠在這世上的任務已經完成，應該送牠走了。嘉倩不捨，還是拖了兩個月。

那天我走進嘉倩家客廳，只見Barksdale平靜的趴在地上，弓着後腿，前腿向前伸得又直又長，眼睛直直向前望，彷彿已經準備好了從容就義似的，女兒們和孫女們在周圍輕聲細語，她們都已做好心理準備，也都跟牠道了別。我輕輕的喚着Barksdale的名字，一聲又一聲，我說：「Barksdale，要去天堂囉！」

那天還有另外一隻大狼狗也是病重，在Barksdale之前先打針安樂死，我小女兒坐在地上抱着牠，另外兩個女兒和一些工作人員都在旁邊陪伴。工作人員先把狗的嘴巴用塑膠口罩罩住，防備牠張口咬人，再刮掉要打針地方的毛，打了兩針，狗眼睛慢慢閉上，透一口氣，前蹄一伸就走了。這整個過程中Barksdale都在旁邊看着，彷彿是在預習演練，狼狗走了，牠就跟在執行安樂死的一男一女後面，冷靜的看着他們準備用具和針筒。

嘉倩坐在椅子上，Barksdale無力的伏在她懷裏，即使早有心理準備，到了生離死別那一刻，嘉倩還是忍不住低聲飲泣，兩個妹妹一左一右，她們一個抱着嘉倩的頭，一個擁着她的肩膀，輕輕的撫摸着她以示安慰，我在一旁低聲說：「Barksdale到天堂囉，要到天堂囉……」見到她們姊妹情深，淚流滿面的互相安慰，那場景令人感動。我曾經跟Barksdale在同一個屋簷下，雖然不由我照顧，多年下來還是有感情的，見桌上有盒紙巾，抽了兩張出來，拭去臉上滾下的淚水。沒多久的時間，一部小巴士來把兩隻狗接走，日後火化。

我在院中徘徊，思索着感受到的是甚麼？腦子裏浮現了台灣電視新聞播報員傅達仁，他受胰臟癌末期的痛苦折磨，已到了不可承受的地步，臨走之前兩年極力呼籲台灣通過安樂死合法化，未果。只有花費三百萬台幣，在家人、朋友陪伴下，千里迢迢跑到瑞士去打人生最後一場仗——只求死得有尊嚴，不拖累自己和家人。他留給世人的最後

晚年的Barksdale

一句話是，「這仗一定要打！」

我想到瓊瑤姊的先生平鑫濤，他和傅達仁都是生命的鬪士，活着的時候，在各自的領域發光發熱。平先生晚年病重時已留下遺言，放棄急救插管延命。奈何兒女不捨，老父依舊插管，在醫院裏多躺了三年多。瓊瑤姐痛心的讓我看一張她從不忍心發表的照片，是平先生，他骨瘦嶙峋蜷縮成一團，我震驚得不忍多看。人在痛苦的時候，一分一秒都很長，這一千多個日子，兩萬六千多個小時，一百六十多萬分鐘，一億多秒，平先生是怎麼熬的？我不敢想像。

多年前我先生曾經問我：「如果上帝不准你死，你怕不怕？」秦始皇在最後十幾年耗費了大量精力財力，犧牲了多少人，只為尋求長生不老之藥。自古以來，似乎人人都想長生不老，從來沒人想過「不准死」這個問題，我內心的感覺竟然是「怕」！

我在想，現世的人，如果沒有意外，基本上都可以活過九十歲，醫學發達，許多疑難雜症都能治癒，有的不能治癒的也延續得了生命。但是如果是活在人間地獄，沒有生活品質、沒有生命尊嚴，安樂死會否是一種選擇？

大狼狗和 Barksdale 火化那天，嘉倩拍了張照片給我，Barksdale 蓋着被子安詳的樣子，像是睡着了。

二〇二一年十月十五日

手機

「啊！啊！啊～～～」一名女子跪坐在湖畔這樣尖叫了至少兩分鐘，一雙手向着眼前的湖水，在空氣中作勢要撈東西。除了身旁坐着一位氣定神閒垂釣的女孩，再沒有其他人。這個畫面是不是很有電影感？

那名似瘋非瘋的女子就是在下，那釣魚的女孩是咱家閨女。黃昏時刻小女兒要釣魚，老媽自告奮勇陪同，難得有機會跟女兒獨處。女兒坐在反扣着的綠色塑膠桶上，把小帆布欖子讓給我，她靜靜的把事先準備好的魚餌蝦子鈎在魚竿上。別人眼裏的大明星，在女兒面前媽媽相就出來了，這釣魚跟水溫有啥關係，我愣是去試水溫。我蹲下來，彎腰伸長了手，水都還沒碰到，說時遲那時快，胸前掛着小包包裏的手提電話已經飛出去了，眼看那白色的手機在湖水裏平躺着慢慢下沉，我除了大叫卻甚麼也做不了。

回過神來我問女兒 iPhone 防不防水，女兒冷靜的說防水，我的希望又燃起來，這年頭沒了手機簡直不能過日子，即刻請女兒打電話搬救兵。嘟！嘟！嘟！天色漸暗，兩個車頭燈像一對大眼睛，來人手拿一隻大網，他拉出捲尺，探測湖水的深度，拉了老半天都沒停，怪怪！可真深。看着連在網上的棍子，來人搖搖頭說不行，長度不夠，恐怕他得潛下水才有可能找到，我見天色已黑，晚風涼颼颼的襲來，叫他等明天有太陽時再說吧，女兒提醒我iPhone只能防水半小時，我只好望洋興嘆的接受失去手機的事實。

回到家惋惜的跟二女兒訴說手機掉進湖裏的經過，她即刻說：「跳下去抓啊！」「水這麼冷，是手機重要，還是你媽的健康重要？」她竟然說：「當然是手機重要囉！」

說到丟手機，去年有一天，沒事兒要帥，把手機插在牛仔褲袋裏，上車前摸了一摸確定手機跟身。車子抵達置地文華酒店，我和女兒挽着手走進置地廣場二樓的服裝店，買好了衣服，手提着兩個紙袋出來，一摸褲子口袋，電話不見了，到服裝店找，沒有，司機說車上也沒有。我想必定是遺失在從下車到服裝店中間的路途中，我們循着原路一直找到文華酒店下車的地方，沒有。問酒店門前的警衛有沒有看到地上有手提電話？他說如果有的話一定會收起來，但是沒有見到過。幾次撥打自己的手機都沒人接。我六神無主

的，要去喝杯東西定定神。習慣了沒事兒抓抓電話，看看時間，看看留言甚麼的，這會兒下意識的抓，老是抓了個空。我若有所思的喝着飲料，女兒電話響了，是司機打來的，聽女兒的口氣，知道有希望了。原來司機打我的電話號碼，對方有人接了，說是在置地廣場管理處，我和女兒匆匆忙忙趕去置地，女兒一邊走一邊問：「你帶身份證沒有？」我打趣的說：「我的大臉就是身份證。」她說：「現在人出門哪有不帶身份證的。」到了置地二樓櫃檯詢問處，本小姐甚麼話也沒說，大臉一亮（其實只是半張臉，另一半被口罩遮住了），三個穿白襯衫黑西裝的男士即刻上前招呼：「林小姐，有甚麼可以幫你的嗎？」我說明原委，其中一位男士親自帶領我們穿過大堂，走入地下室，轉幾個彎，到達失物認領處，忘了工作人員有沒有跟我要身份證，但是問了我幾個問題，確定電話是我本人的，微笑着交給我。我珍惜的捧着手機，剛剛掉的魂全回來了，那失而復得的感覺真是太美好了。

難得陪我逛街，難得言愛讓我陪她釣魚，我這個老媽是怎麼當的，簡直不像媽媽，倒像女兒似的，花樣百出。還好女兒都長大了，反過來照顧我這個長不大的媽媽。

時代進步得太快了，我們讀書的年代，家裏有一座電話，已經算是小康之家了，約同學見面，對方沒來，就只有白等。台北火車站有一面專門給人留紙條的牆，整面牆都是紙條，那些約了見面的人沒到，等的人臨走前就在牆上留話。現在人人一隻手機，無論你在哪兒都能聯絡上，還會標明大家所在的位置。手機除了通話，同時又是電話簿、照相機、錄影機、相片簿、記事本、寫作紙、畫畫紙、鬧鐘、日曆、天氣預測表、追蹤器、遊戲機，還是電視機和電影院，近年更變成了付款機，疫情期間還擔負起辦公室和教室的任務，我上繪畫課也是用微信視訊上的。有一次龍應台邀我在文化部開記者招待會，就是跟我用手機港、台連線做的。細數手機的功能，才醒悟手機為人類帶來多大的方便和效率，如手上沒有一隻手機，幾乎跟時代脫節了，連僧侶都需要用手機辦事。二十一世紀人類的生活方式，因為有了手機，已經翻天覆地的轉變了，當初誰會想像得到有這樣的一天。

還好iPhone有雲端，所有的資料可以重新連接上。換新手機都要再重新輸入手機、電郵、微信和微博的密碼，每次都因為忘記密碼傷透了腦筋，電腦技術人員提議我把它抄下來放進保險箱，我沒這麼做，這次又是費了很大功夫才找到。

手機變成現代人的軀殼，軟件是靈魂，靈魂和軀殼合而為一，整個人才好像活了過來。

二〇二二年五月

流星

住在城市裏的人很少有機會看雲、看星星、看月亮，偶而抬起頭來也只是從高聳的建築物中看到一小片天空。

每次出海都喜歡躺在甲板上欣賞雲海的變幻、月圓月缺、星星眨眼和日出日落，在這浩瀚的宇宙中，它們像打太極一樣，緩慢而有韻律的移動着，非常壯觀。有時候，我感覺自己是它們的一部份，跟天地融合在一起；有時候我又是個旁觀者，腦子會飄到好久好久以前；有時想像着逝去的親人和朋友會不會是哪顆星星或是哪一片雲。

六月的印尼峇里島應該是盛夏，晚上清風徐來還是很舒服的，一個深夜，我獨自一人躺在遊艇的甲板上，忽見一顆流星從天際滑過，一秒鐘即消逝。曾經有朋友這樣説過，人與人之間相遇，或能成為朋友，在人生的旅途中就像流星般擦肩而過。

我想起一個人，他知道我是誰，而且會經常在報章雜誌或者電視上看到我的消息，我卻記不得他長的樣子，也沒有他的名字，但是永遠不會忘記他為我做的一件事。

三十年前的一個下午，在香港，電影公司租借的一個房子裏拍戲，拍攝空檔我正坐着休息，一位工作人員過來跟我說，有位男士拿了一封信一定要親自交給我，我正好沒事就答應了見他。他個子不高，態度謙卑，遞上了一個白信封，我打開來看，裏面沒有信，正疑惑着，突然滑出一個小膠片，我就着有光的地方看，不免一驚，臉色大變，他尷尬的說：「我想這還是交給你保管的好。」我感激得不知說甚麼好。

是一張底片，我是記得那個瞬間的，那是一九九〇年第二十七屆金馬獎頒獎典禮當晚，我抱回一座最佳女主角獎，大家正簇擁着我走下階梯，混亂中我彎腰提了一下鞋帶時，那件緊緊貼着身體的 YSL 小禮服，稍微有了空隙，當時心中有想過會不會穿幫。沒想到就在那一秒一個閃光進來，剛好捕捉到我左邊上身衣服離開身體的一刻，我的胸部赤裸裸的曝了光。我手執着那小小膠片有點顫抖，怯怯的問是給我的嗎？他說是的。我不知道該怎麼報答他好，心想他是記者，不如收了工請他到我位於灣仔的會景閣公寓坐坐，讓他有機會採訪我。

TOILET
शौचालय

我在恆河邊與賣花女、賣花郎談笑。

那間公寓只有五百尺，一房一廳。我平常不喝茶、不喝酒、不喝咖啡、不聽音樂，只有白水招待，夜深人靜的，與一名陌生男人共處一室，兩人也不知說甚麼好，我對着落地窗正在想這麼晚了不該請他來的，這時他起身說要走了，感謝讚美主！我一轉身他已不見人影。匆匆忙忙中也沒有留下聯絡方式。從此，他再沒有出現在我的生命中，或者出現了我也不知道。

三十年來，新聞媒體有着相當大的轉變，狗仔文化充斥全球，我常在想這位給我底片的年輕人，他如何生存？這麼有良知的人在娛樂新聞界會有生存的空間嗎？他也許已經離開了傳媒界從事其他工作了，我猜想。

他就像一顆流星，在我的生命中與我交會了片刻，轉眼間已消失了蹤影，希望這個世界能夠容納多一些像他這樣的人。

我想起了印度恆河邊那個賣花的小女孩，眼睛圓圓大大一臉聰明相，大概七、八歲吧。她繞着我不停的問：「Hi! What's your name? Hi! Where are you from?」我和丁乃竺一行四人在恆河邊的廊簷下，跟着一個法師做着供養和祈福的儀式，一些賣花的小朋友就在木欄杆邊上，爬上爬下竄來竄去跟猴子似的，其間還真有幾隻猴子跳進來，大家虔誠的做着法事，我的眼光卻被他們吸引着。做完法事太陽也快下山了，我們匆匆忙忙的跑到恆河裏泡泡腳、拍拍照，上車前許多小朋友圍過來，朋友提醒我千萬不要給錢，有的給、有的不給，他們會打起來，我當時也沒準備零錢，沒可能給，看着那麼多雙乞求的眼神，眼巴巴的望着我們把車開走，實在於心不忍。聽說這些孩子，都是白天上課，下午三、四點下課後就到河邊賣花幫補家用的。

回到我們住的隱修中心，一直惦念着恆河邊上的孩子們，惦念着那個大眼睛的女孩。我決定一個人再去一趟，那天我換了好多印度小鈔，準備把所有孩子的花都買下。車程要三個多小時，在車上我想着一會兒跟他們聊甚麼，他們會不會請我到家裏坐坐，我想帶着這些小朋友到店裏去選購禮物。

我一身布衣漫步在恆河邊上，賣花女和賣花郎圍了過來，都在十歲上下，有的更小，我說我把花買了，但不拿花。買完所有人的花，大家坐在石梯上，小女孩把籃子裏的花插在我耳邊，彷彿當我是親切的大姊姊。問他們的夢想是甚麼？多數男孩喜歡跑車，女孩喜歡漂亮的裙子，有個大點的女孩問我可以買裙子給她嗎？我說走，你帶我去。在恆河邊的小街上都是小舖子，一行二十多個小朋友，吱吱喳喳興奮得不得了，先到一家店把女孩們的裙子買了，男孩子就到玩具店買模型車，進了一家玩具店，小小店擠滿了人，來不及一件一件算，我讓老闆把東西給他們，價錢寫在紙上，一會兒再全部加起來，最後那個大眼睛小女孩也來了，挑了一個模型車，我牽着她的手，把剩下的少少美金悄悄的放在她的手心裏。等小朋友都拿到了他們的禮物滿心歡喜的回家了，天也暗下來，導遊帶着我經過一條小巷子上了車。

在車上，我想着，下次如果有機會再去探望恆河邊的孩子們。回港之後疫情爆發，隱修中心暫停營業，或許我跟他們的緣份也就這一次。相信我們相互之間都會留下一個難忘的記憶。

暗夜裏傳來噠！噠！噠！的汽笛聲，遠處船正駛過，偶而聽見魚兒跳出水面的聲音，又一顆流星滑過。

二〇二二年六月九日於印尼峇里島海上

畫我眼中的你

記得最早不自覺的開始畫畫是在初中二年級，其實那也不叫畫畫，只不過是無聊時用鉛筆在書本或作業本上，畫女孩的側面，永遠的左側面，永遠的大眼睛、高鼻子、兜下巴，比例和位置從來沒有對過，卻也沒有仔細研究過。幾十年過去了，再畫也還是跟初中時畫的一樣，一點改進都沒有。無獨有偶，看張愛玲的短篇小說《年輕的時候》，開篇就是「潘汝良讀書，有個壞脾氣，手裏握着鉛筆，不肯閒着，老是在書頭上畫小人，他對於圖畫沒有研究過，也不甚感興趣，可是鉛筆一着紙，一彎一彎的，不由自主就勾出一個人臉的側形，永遠是那一個臉，而且永遠是向左。」，看到這一段時內心一悸，竟會有這種事，兩個時空，兩個年代的人，所做的事竟然這麼相似，畢竟潘汝良也有張愛玲的影子。

這兩年突然察覺到自己對人物的興趣，原來我牆上掛的畫、收集的雕塑作品和寫的文章多數是人物，竟然在這麼大年紀時才對自己有這一層了解。

去年《明報月刊》老總潘耀明送我一本他寫的四十萬字大

書《這情感仍會在你心中流動》，書裝在一個米色帆布環保袋裏，我一眼瞥見袋子上的畫，一名男子悠閒的坐着看《明報月刊》，線條簡單，神韻十足，我非常欣賞。向來都希望有一天能夠用鉛筆畫下所見所聞的人物動態，但是沒有機緣碰到合適的老師。我打電話給潘耀明，打聽這位畫家，看可否跟他學畫。潘耀明很快的回覆説畫家不收學生，但他會去一趟畫家的畫室，問我想不想一起去，我説當然好啊。

那天窗外下着濛濛細雨，在車上潘耀明跟我詳細的介紹了一下畫家的生平，原來他早年幫金庸的武俠小説畫過插圖，我聽了更感興趣。潘安慰我説畫家見了你應該願意收你做學生的。車子彷彿開到了工廠區，停在一個我們倆都很陌生的地方。潘西裝筆挺，我踩着小高跟，二人冒着小雨找到畫家所在的工廠大廈，但不得其門而入，左打聽右打聽終於進了個大貨櫃電梯，轟隆隆的上了樓，那層樓只有他的門是特別用大木板製成的，一看就是藝術家的地方，木門是向外推的，我們靠門很近，開門時差點碰上。

畫家笑臉相迎，一口白牙，臉上掛着副眼鏡，身型瘦

李志清於課堂上畫我

李志清與我

瘦，非常可親。我把準備好的書《窗裏窗外》、《雲去雲來》和《鏡前鏡後》獻上，他也送我一本畫冊。他在那張長方形大畫桌上低頭簽名時，我環顧四周，小小空間滿是擺放整潔的書和畫，窗邊一張小圓桌用來招待茶點。畫家身後一排大書櫃，一張小小長方形的畫映入眼簾，是柯德莉．夏萍在《珠光寶氣》（*Breakfast at Tiffany's*）電影裏穿着一身黑禮服，手上拿着長煙斗的經典造型。有些漫畫素描配上短短有情的語句，讓我想起了豐子愷。最吸引我的是中國山水畫的樹梢和雲霧間畫着小小的古代俠客對劍過招，我喜歡有人物的山水畫，感覺更有生趣。

畫家抬起頭來，把書遞給我。哇！不但有簽名，還有畫，署名志清，畫的是一名蹲坐戴眼鏡的男子，右手向上拋出了一顆心，我喜不自勝。畫家拿出兩張方形硬紙卡，要我和潘耀明題字和簽名，潘寫了八個字「不着一字　盡得風流」，我也寫了八個字「以畫志情動人心魂」。

交談中我表明對畫畫沒有甚麼大志，只想用鉛筆單線素描人物，將來也或可用在書上。潘耀明見我們交談甚歡，再次提出收我做學生的事，志清老師答應了，我們當下決定每個星期一次，一堂課兩個小時。臨走時志清老師說，你將來會成為畫家的，我非常訝異的問何以見得，他說見我揮灑簽名的線條可見，並且我有演過這麼多戲的經驗，藝術是相通的。那張柯德莉．夏萍他送了給我。

我在老師的畫室上課。以前做學生沒做夠，很喜歡做學生的感覺，每次上課都穿上我的白襯衫。我們上課是講到哪兒教到哪兒，不比一般傳統畫素描對着物品打陰影，這種方式較適合我。

許多年前夜裏無聊我會臨摹黃胄、常玉、馬蒂斯、幾米和八大山人的畫，因為線條簡單而且不需要打陰影。自己畫了畫沒人指點就老是原地踏步，老師經常是一句話點通了就讓我大跨一步。第一堂課教畫臉，這三庭五眼的口訣，至少讓我把眼、耳、口、鼻的位置都能擺對，其實每個器官都不容易畫，手更不易，我老是把手畫得很小，老師說手也是表達情感的工具，不妨畫大點。老師是我唯一的模特兒，他擺個姿勢我就對着畫，他再拿我的畫指點我，有時也即場畫我，那簡單的幾筆竟然畫出了書卷氣。最喜歡老師畫裏深藏的情感和意境，他說畫得像不像不重要，最重要的是神情，這句話我也很受用，不執着於像不像反而可以自由揮灑，意境自然出現。

我從來不記道路和街名，有天不經意看到畫室所在那條街的街名，竟然是永康街。台北也有一條永康街，是我住過多年，也是最多回憶、最難忘的一條街。這幾年我每個月在《明報月刊》發表一篇文章，最近發現我文章的前一頁就是老師李志清的畫和隨筆。我的名字有個青字，老師的名字也有個青字。難道冥冥中宇宙間早已結下了師生之緣？

微博上有個組織了二十多年的愛林泉影迷團，他們是那麼的專一那麼的癡迷，我希望他們在崇拜偶像的同時能夠有所長進，所以在學習的道路上會讓他們一起參與，我學京劇會一句一句的教他們唱；文章發表了，會讓他們寫讀後感，我再一篇篇回應；我學畫

畫李志清

畫，會讓他們畫一張我的畫像，我再回贈一張他們的畫像，至今已經畫了六、七十幅。群裏有些寫手，也有些畫手，都非常有水準。有位群友的爸爸過中國年，畫了隻老虎傳上來，我驚為天人，從來沒見過這麼有氣質的老虎，我們也互相交換了人像。有位小女孩才十四歲，琴棋書畫才藝縱橫非常了得。有之前學美術丟下畫筆又重新拾起的。有從來沒學過畫畫的也開始一筆一筆的描了起來。

香港疫情嚴重，我和老師改用微信視訊上課，我會把之前畫的玫瑰和人像傳給志清老師，老師依據我的畫指出需要改進的地方，有時也會重畫一遍給我看，這是高科技帶來的好處和便利。

弱弱的說一句，我在自家範圍內畫人像還挺受歡迎的，不止愛林泉、我的女朋友、還有我家的女會計，更重要的是連我老師都跟我要畫像欸，並且被畫的人都很喜歡，這是多麼大的獎勵啊！

我目前有個小小的願望，希望能找個沒人認識我的地方擺畫攤，只收五塊美金。想起那年帶女兒去美國洛杉磯環球片場，場內有個畫攤，畫一張收五元美金，那個年輕人給我和女兒們各畫一張，畫得又沒神韻又不像，我感覺我能畫得比他好。金聖華聽說我想擺地攤，提議我到巴黎聖心大教堂前擺，她說要擺就在那兒擺才有意思，我心中暗想，這個願望應該不難達到吧？最多不收費嘍。江青告訴我當今兩大畫家，一個陳丹青，一個艾未未，年輕的時候都在紐約西區（West Village）街角幫路人畫過肖像，大概一張十五塊美金。她常去那兒找他們。

二〇二二年的元旦，大家都在等倒數計時，餐桌上的話題已聊盡，我即場叫侍應拿來紙筆畫朋友的頭像，拿來的卻是小張的便條紙，也好，就小小畫一張。眼見朋友們看到畫，臉上綻放的笑容，滿心歡喜的把畫放進手機殼裏。在帶給別人快樂的同時自己也得到滿足感，這正是我想要的。

志清老師看了我畫的愛林泉人像倍加讚賞，提議我將來出一本「百張人物畫像」，他的誇獎和鼓勵更令我增加了興趣和信心，就讓我的手臂飛揚起來吧！

二〇二二年五月

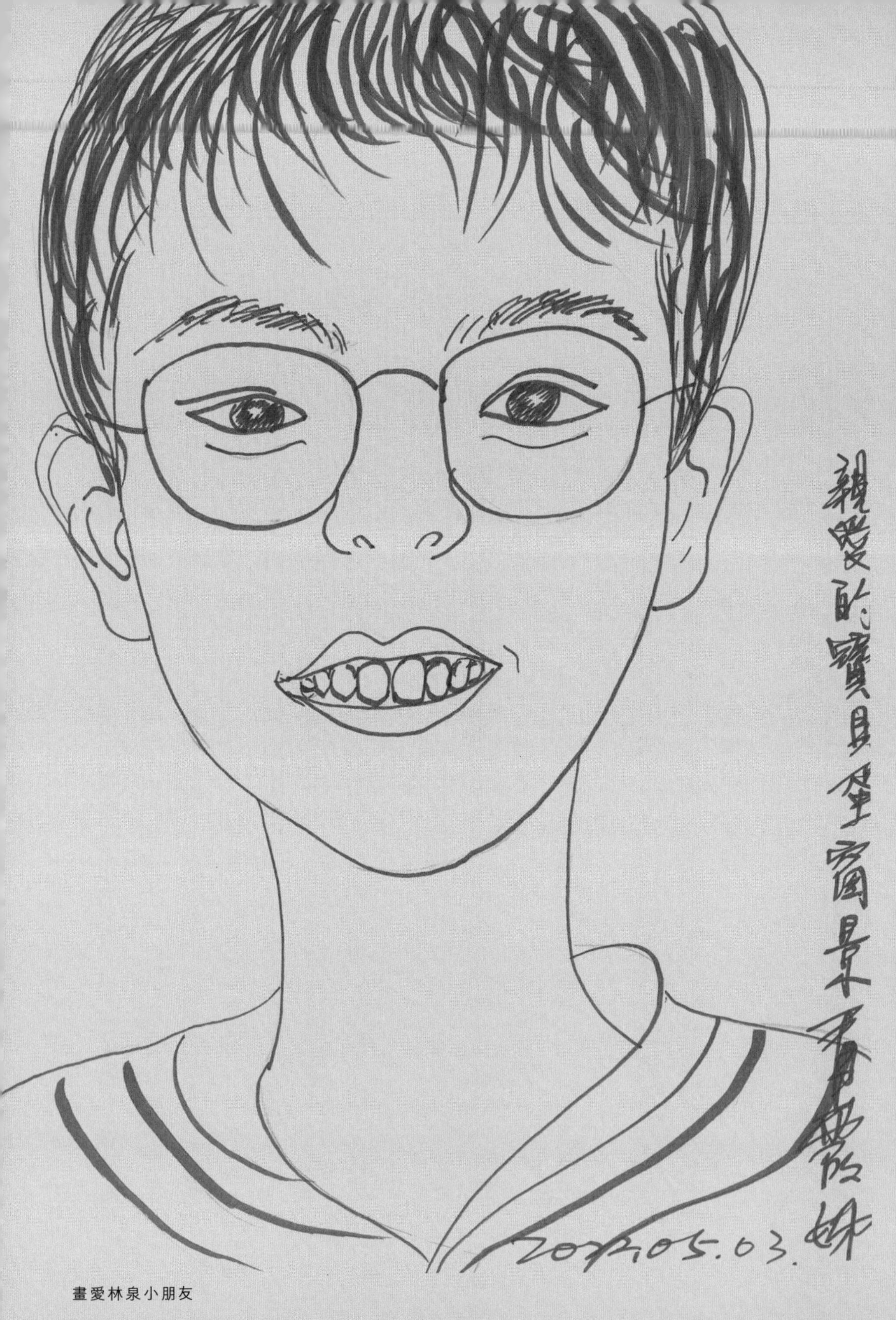

畫愛林泉小朋友

GAP
2022

歐遊驚魂記

一九八九年春末，朋友約我去歐洲自助旅行，她打聽清楚只要買張二十二天的火車票（Euro pass），二十二天內可以自由上下火車一個國家一個國家的玩。我剛拍完了香港接的戲，正打包行李，準備退租回台灣，趁此空檔旅行也好。她提議行李輕便，行程中不找朋友幫忙，不預先訂酒店，不定回港日期，隨走隨玩。

我在香港全部家當就四個Louis Vuitton大行李箱，兩個硬殼兩個軟殼，裏面都是我的舊衣服，心想，到歐洲肯定要好好的shopping一番，不如帶着行李箱一路丟舊衣服一路裝新衣服。

我們每到一個國家都會把行李存放在火車站的Locker裏面，然後輕裝上陣到處遊玩，但是上下火車還是得自己把箱子搬上搬下，每次趕上火車放好行李，都已經氣喘如牛累得笑不出來，歐洲之行為了侍候那幾個大箱子，破壞了整個行程的心情，Louis Vuitton放在高高的行李架上非常惹眼，一路上還得擔心碰到歹徒。

唯一訂的酒店是在第一站威尼斯，火車到站已是深夜，整個火車站就剩Louis Vuitton和我們兩人，因為火車誤點酒店車早就不見了，我們站在行李邊傻眼了。忽而聽到遠處傳來笑鬧聲，我讓朋友守着行李，自己尋着聲音前去。河岸邊一排酒吧，許多年輕人在街邊飲酒，他們也是遊客，提議我到碼頭找taxi；這才知道那裏的taxi是船。我摸索着去碼頭，找到唯一的一條船。威尼斯晚上很靜，街上沒人，路燈也不亮，下了船得走很長一條路才到酒店，還好司機肯搬行李，要不這幾個沒有輪子的大行李箱我們倆怎麼扛。好不容易到了酒店，櫃枱說我們太晚到，房間已讓出了，暫時沒房間，建議我們住另一個地方。我們一路摸黑下了許多層樓梯，總算進了房間，我第一個反應是大叫：「No window!」朋友勸我別叫了，先待一晚明天再換，一會兒連no window的都沒了，我坐在床上環顧四面密不透風的高牆，心想這處以前一定是牢房。

有一天在火車上過夜，車廂裏的小房間左右各一條座椅，我佔一條她佔一條，兩人累得昏睡過去，半夜裏迷迷糊糊睜開眼睛嚇一跳，我座椅另一頭坐着一個瘦乾巴的黑人，早上

攝於威尼斯

醒來黑人不見了，朋友說她看到警察把他扣上手銬帶走了。

我們每到一個新地方，存好了行李必定先出去拍拍照，到處遊玩，傍晚再找住處。到了德國法蘭克福，一路玩一路找酒店，每家酒店都客滿，我們一籌莫展的走在巷道裏，眼看着已近黃昏，我見不遠處有兩個東方男人，邊走邊聊的朝我這個方向走來，我想這會兒不得不露大臉了，或許他們認得我可以幫幫忙，我微笑的向他們走去，他們真認出我來了，也很熱心，全靠他們才找到了房間。

二十二天裏跑了許多國家，自助旅行的最後一站是荷蘭的阿姆斯特丹，我們存好行李在附近找了一家大概沒有星級的酒店，感覺有點不安全，貴重物品也不敢放嵌在牆上的破保險箱。很久沒吃中餐了，在酒店附近河岸邊找到一家中國餐館，一人先叫一大碗酸辣湯，兩人喝得津津有味，老闆娘認出我，過來說話，提醒我們要注意安全，告訴我們附近治安很差，扒手、強盜橫行，要我們顧好包包，嚇得我們吃完晚飯即刻回酒店，哪兒也不敢去。第二天準備去划船，心想先把護照和貴重物品放在火車站的locker裏會安全點，這樣可以輕鬆大膽的遊山玩水。在儲物房的小空間裏，我們打開之前租的Locker正想放東西，朋友叫我動作快點，說有兩個人賊眉賊眼的在盯着我們看，我回頭望，真是呢！嚇得我匆匆把東西放進去，門一關就走。那兩人緊緊跟在我們後面，朋友說她看過一部電影，如有壞人跟蹤，猛的一轉身，就可把人嚇跑，她冷不防的一個大轉身，那兩人貼得太近，差點鼻子碰鼻子，他們一時沒防備抱頭鼠竄。但如此一來我們玩興大受影響，我一路嘀咕着剛才慌忙中也沒試試門鎖上了沒有。朋友見我不放心，向附近路人打聽，那人說每開一次都得再加銅板，否則就鎖不上，我倆臉色一變，二話不說就往回狂奔，櫃裏可是存着我們的護照、珠寶和現金。到了存放行李處，遠遠見到我的櫃門真的鬆開一條縫，我擔心的從細縫往裏望，鬆了一大口氣，包包還在，即刻放入銅板重新鎖上。

我們兩人划着小船，兩岸風光旖旎，卻無心欣賞，感覺身處險境，當下決定提早回程，離開這個恐怖的地方。我們心驚膽戰的回到火車站，走着走着，前面兩個人突然回頭，大眼瞪着我們，媽呀！嚇死！就是之前那兩個賊，他認得我們，學我朋友之前嚇他們的方法嚇回我們。

歐洲二十二天雖說走了許多國家，光搬運行李上下火車，再存取行李進出火車站，疲於奔命提心吊膽的，實在沒嚐到旅遊的滋味。

這趟所謂的自助旅行，對我們來說無疑是一場驚魂記。事隔三十三年，印象最深刻的就是這幾件驚心動魄的事。但我也沒有後悔過，這到底是人生難得的經驗。

二〇二二年六月

膽大包天

嘎嘎嘎嘎！每次對着牆上當眼處四個大大的毛筆字「膽大包天」就情不自禁的大笑。

對京戲一無所知，從來沒有接觸過，緣份來自一次偶遇。

前年有一晚在香港上海總會吃完晚餐，下了電梯，一眼望見一九六一年電影《星星、月亮、太陽》裏象徵月亮的葛蘭，葛蘭姊八十多了，還是有星光，我像影迷樣的上前要求合照，葛蘭姊一看是我，親切大方的說「好啊！青霞！」就微笑的站在我旁邊。照片傳給汪曼玲，原來阿汪跟她很熟，說下次約我們一起吃飯。第一次跟葛蘭姊吃飯是她八十七歲的生日宴，阿汪請我、甄珍和姚煒一起為她祝壽。四個電影明星站在一起，還是年紀最大的葛蘭姊最有魅力、最迷人。她大卷大卷的波浪過耳短髮，臉上一副眼鏡配着紅唇，耳上的紅寶石和手指的紅寶戒指襯得典雅而不誇張。一件黑色柔軟的短風衣，貼近時尚得來含蓄。席間聽葛蘭姊說她常在上海總會票戲，我順口說我也想學，她眼睛一亮，嗓音清亮的說：「我教你！你想學青衣、花旦、小生或老生？」倒是一時把我問住了，我胡亂答了一句「青衣吧。」其實我也不知道唱甚麼好，主要是想跟葛蘭湊個熱鬧罷了。

一個星期五打電話約葛蘭姊喝茶，她說在家上京劇課，我要求去參觀，她欣然同意。對葛蘭我是非常有好奇心的。她年輕時嫁入豪門，家住山頂。車子開進她家大門，眼前一棟幾層樓高的舊式洋樓，踏上古色古香的電梯，停在她住的那層樓，地方又大又寬敞，走過長廊，長廊盡頭有一客廳，京劇老師正拉着胡琴，葛蘭姊站在立着的麥克風前唱戲，唱的是老生，雖然年過八十，中氣十足。

我環顧四周，家裏的擺設還保有五、六十年代的情調，窗外驕陽透過蕾絲窗簾射進窗裏的綠色盆栽，意趣盎然。工人把滾燙的茶杯放在茶墊上，我一看那些茶墊是五十年代的明星大頭相，仔細看有張揚、喬宏、雷震、林翠、葉楓、葛蘭、尤敏，都是我小時候看過電影裏閃亮的巨星。這麼有紀念價值的東西給茶杯隨意的往上一蓋，我於心不忍的把杯子拿起來，那美麗的臉蛋上點點水滴，似汗又像淚的我見猶憐，趕快把它擦擦乾淨放在旁邊。喫一口熱茶，耳伴胡琴聲配合着葛蘭姊唱的戲，別有一番韻味。我一邊聽着一邊目光

葛蘭家的粉紅牆

掃向牆壁，所有的牆前面都被木頭玻璃櫃遮住了，櫃子裏全是中國古董瓷器，這讓我想起土耳其作家帕慕克小時候住的地方。也是一棟大廈，親戚們一戶人家住一層，每家各廳裏的牆前一定有木製玻璃櫃，裏面鎖着中國瓷器，永遠不打開的。

葛蘭姊的先生必定是非常以她為榮，有一面弧形粉紅牆，掛滿了葛蘭姊最美麗的明星照，天花板連着牆壁的轉彎處畫上一盞黑色的水晶燈，畫上綴着串串珠鏈，別有一番旖旎艷麗之感。

胡琴和歌聲停止了，葛蘭姊跟我介紹老師，讓我試唱一段《蘇三起解》說以後我可以跟他學，她說老師會到我家去教。原來不是跟葛蘭姊學，得自己單獨學唱。也好，我即刻拜師，每星期唱兩小時。第一堂課就唱得有板有眼，老師直誇我學得快，於是興趣大增，晚晚夜半歌聲「言說蘇三把命斷，來生變犬馬，我當報還～～～」，朋友說你這不是嚇人嗎？

熟悉京戲的朋友賈安宜提議我唱《三家店》，這首是男起解，老生，她傳了馮冠博唱的視頻給我，第一次聽就喜歡上了，好動人，立刻學起來，天天背詞兒，重複看和聽于魁智的《三家店》，兩、三堂課就琅琅上口，我和老師都很高興，朋友聽說我學戲，想聽聽，沒等他們把話說完我已經擺好架勢「將身兒，來至在大街口，尊一聲過往的賓朋，聽從頭……」唱將起來。

有一次金聖華請金耀基校長夫婦和雷兆輝、趙夏瀛醫生夫婦吃飯，席中又談到我學京戲的事，他們還沒說完請我唱一段的話，我已起身唱起《三家店》，一唱完金校長即刻聲音洪亮大喊「膽大包天！」唱者和聽者都開心的鼓掌大笑。

曾經寫過一篇文章〈演回自己〉，主要是說我演過一百部戲，最難演的角色是自己，最近突然發覺不難演了，因為接受了自己不是完美的人，不一定要做完美的事，只要能令到他人開心，自己偶而出個小洋相也無所謂，所以見人時便勇於唱我那不完美的京戲。這還不夠，老師上課為我錄的音，我發給許多親朋好友聽，朋友笑死。秦祥林初聽以為是他讀復興劇校的同學唱的，後來發覺是我，笑得不行，連開車時想起來還忍不住笑。甄珍原先以為是哪個名角兒唱的，聽出是我的聲音，笑得差點岔了氣。胡錦是科班出身，一心希望中國國粹京劇可以留傳下去，給了我很多指點和寶貴的意見，彷彿是要讓我扛下這重責大任似的。龍應台聽了我的錄音蠢蠢欲動的想來香港跟我一起學，我說你在台灣也可以學啊，她恍然大悟，然後提議我唱《四郎探母》，

「Why not? Ok 啊。」我心想。

學一樣新事物並且知道在進步中，讓人感覺興奮和年輕，但我得先找聽眾練膽子，有一天我約了金聖華、董橋夫婦和金耀基夫婦吃飯。打算飯後逼他們聽我唱戲，心想就兩齣不夠，再學一首《四郎探母》才夠本，《四郎探母》節奏快，詞兒又多，非常難唱，老師對我有信心，說我一定做得到。一個月內，在我日唱夜唱的惡補下，勉強拿得出手，請客前一晚我穿好衣服，站在客廳一直練唱到凌晨五點。二〇二一年十一

葛蘭與我

月二十三日飯前賓客手機上已收到我傳去的歌詞，飯後范文碩老師拉胡琴，太太彈月琴，我先來一段最拿手的《三家店》，接着唱《四郎探母坐宮》，我唱駙馬楊四郎，師母周勤唱公主，最後我獨唱青衣《蘇三起解》，唱完大家鼓掌叫好，金校長又有金句「零瑕疵！零瑕疵！」隨後精靈的開玩笑「雖然我們被迫做聽眾，但是我們很樂意」。這時我已全身癱軟在沙發上。

金校長知道我是慕他書法之名求見，要送我一幅字，我說我喜歡「膽大包天」四個字。校長幾天就寫好交給我，張叔平幫我裱好掛在飯廳牆上，除了「膽大包天」，左邊有一些小字

「辛丑年九月金聖華設宴於上海總會專房，主人外，女士三，男士二，不逾規則，疫情期間有今世何世之感，一舉杯，已是人生，三杯之後，林青霞興起，清唱京劇老生、花旦，

難度高，如攀峯越嶺，語聲剛落，我不禁叫了聲膽大包天而滿座歡動，蓋青霞藝高膽大，雖係初學，卻展現了東方不敗那份超級自信之氣派。青霞以為我喊『膽大包天』一刻，大家笑得不得了，那一刻是我們大家最美好的記憶，故囑我書之，以為留念，這是我認為林青霞活得有人生境界」

金耀基校長曾經說過一句話「當下就是永久」，我非常欣賞，稱之為金句。他聲如洪鐘的「膽大包天」，鬨堂的哈哈笑聲，當下的所見、所遇、所感、所悟，經他書寫下來已成永久。

二〇二一年十二月二日

（左起）董橋太太、我、董橋、金耀基校長夫人、金耀基校長和金聖華。

一盞孤燈

在印尼的海上飄蕩了個多月沒靠過岸，我不潛水，又怕曬出黑斑，只偶而在接近黃昏時才下海游泳。每天數星星、望月亮、捕捉晚霞美麗的倩影，夜晚餐後到甲板的長桌上畫人像素描、寫寫文章，即使晚晚到天亮，我也樂此不疲。

印尼正值酷暑，天氣燥熱，我下午多數在船艙裏。一個午後，見女兒和工作人員，拿着大包小包的零食往外衝，我好奇的跟了出去。原來遊艇離岸邊很近，眼前的巨石上站着許多穿着鮮艷汗衫和短褲的孩子，正專注的往我們這邊張望，女兒和孫女們搭着小船把幾大袋的零食送上。孩子們見船上來人是友善的，都把身上的汗衫脫下，揚在空中唱起歌來。不一會兒工夫，咚！咚！咚！巨石上的孩子，像下餃子一樣，一個個往水裏跳，眼前的海水冒着一顆顆黑色的小腦袋，我即刻找手機把這震撼我的畫面拍下來。

小腦袋冒出水面，爬滿遊艇的梯子，個個都興奮的傻笑，大眼珠子巴巴的望着我，由於言語不通，為了表示善意，我又回船艙去搜刮一些吃的給他們。

夜晚，甲板上，我跟導遊打聽附近村子的事，他說：「你看對面海岸邊那盞孤燈，這是村子裏唯一的一盞會亮的燈，電路壞了，整個村子都沒有電，政府無暇管。已經五年了，就算有人想幫忙，也要經過很多部門批准，所以作罷。」村民的主食是玉米，他們捕魚、織布、種農作物賴以維生，這些東西拿到鎮上去賣，得到的錢多數買了米和麵粉。至於收入，如果幸運的話一星期有三十五元美金，一般是十八至二十五元，有時整個月都沒收入。我訝異的說：「那怎麼過日子？」導遊不以為然的說：「Well，他們沒甚麼花費，吃飽肚子是可以的，一年四季都是夏天，一個人只要三件衣服就夠了。」我難以置信的問：「如果沒有電，應該是沒有抽水馬桶、沒有手機、沒有電腦、沒有電視……那他們晚上做甚麼？」導遊笑一笑：「聊天吧。」後來我打聽到，晚上男的織網，女的織布。

我決定第二天上岸去看看，再過一日要開船去別的地方，如果不去就沒有機會了。我把船長手上所有的印尼錢都換了來。

小船靠岸，有一兩個小孩熱心的過來幫忙拉船，我從裝滿印尼鈔的口袋抽出幾張給他們，我是刻意找機會讓他們有收入，他們愣了一下，顯然之前不曾遇到過這樣的情況，導遊還小聲

印尼村落的小朋友與我 ，前排左二為村長女兒。

交代他們別說出去。這裏不是旅遊區，他們很少見到外地來的人，也不會像有些旅遊城市的小孩子，想盡辦法伸手乞討。

女兒跟我一起上岸，她們提議我在電這方面盡一下力。村長領我們去一個屋子，整間屋子放滿了土黃色像氣油桶一樣的東西，這是供應電用的，他說這個壞了，修理需要一筆大數目，但必須通過很多手續才能做成這件事。我心想，明天我們就要離開了，這也不是即刻能辦得到的事。村長看得出我在想甚麼，說能有人關心，他已經很高興了。

小村的街道乾乾淨淨，沒怎麼見到垃圾，即使沒有抽水馬桶，在酷熱的天氣下也聞不到異味。我見到三四歲的小男孩光着身子滿街蹓躂着玩，在屋角和樹下偶而穿梭着小黑豬和幾隻雞，有位老先生在門前做木工，旁邊的婦人正專心的把玉米搗碎，我停下來跟他們閒話家常，老人家一臉祥和的說他的木工是做着玩的，婦人搗碎的玉米是他們主要的糧食。走着走着看到前面一個動人畫面，一位美麗的女子正坐在矮牆上餵奶，身旁依偎着五、六歲的鄰家小女孩。那名女子才十九歲，光着腳丫子，我把我大花袋子裏的白色涼鞋給了她，我注意到除了村長，這裏幾乎沒有人穿鞋子。不遠處有個教堂，五百多人的村落，有一半人信教，星期日就在教堂做禮拜。村長的小女兒坐在階梯上，上衣和褲子顏色鮮艷，兩種不同的花色搭配在一起，卻一點也不俗氣，她頭髮往上梳，樣子俏麗。女孩都是愛美的，我把包裏的珠珠髮夾送給她，她夾在頭頂上，像個小皇冠，村長見我喜歡她，跟我女兒說，讓你媽把她帶走吧。後來知道那天她過九歲生日，禮物還送對了。

我對村民的住所很感興趣，要求參觀他們的房子。這裏人住的都是平房，掀開一家人門口的布簾，一名婦人背對着我們正在織布，我奇怪她怎能在沒有光線的角落工作，我們幾個幫她把織布機拉到有太陽光的地方。旁邊有兩個小房間，一張有床，被褥凌亂，是他們夫妻的臥室，另一個放玉米桿的房間，沒有床，她兒子睡地下。這間房子，除了有織布機，可以説是家徒四壁。

接着我們又參觀一個較大的住宅，房間裏有一個小小的舊衣櫃，家中有椅子，有暖水瓶，還有土灶子，有個小閣樓堆滿了玉米桿，據説是煮食生火用的，相比之下這家算是富裕的了。

我有了一個新發現，這是以前從來沒聽過沒見過的。有的人家，大門口迎面建立一座或兩座長方形像是大理石做的棺墓，設計得簡單素淨，有米白色，有黑色，看起來很有品味，孩子們都坐在平滑的棺墓上面玩耍。這是村民的習俗，他們相信逝者會保護家人。導遊説他們住得好不好無所謂，但棺墓一定要好。

村裏唯一的學校，有三間教室，一年級一班，只有三個年級。

我身後跟着一大堆看熱鬧的小朋友，我把他們都請到課室，要他們再唱一次昨天在大石上唱的歌，那是當地的情歌，他們唱得非常熱情。唱一首生日快樂歌，我説，大家毫不扭捏的大聲唱起印尼文的生日歌，又跟我一起對着村長女兒唱英文生日歌，村長女兒既興奮又害羞，孩子們個個單純可愛。我把前一天晚上換來的鈔票一人發一張，給了他們一個意想不到的下午。拍大合照的時候，他們不約而同的把手上那張紙鈔，對着鏡頭飛舞，臉上洋溢着喜悅的笑容。兒時我在鄉下曾經幻想過，如果有個明星來到村子裏送禮物該有多好。小島上的孩子們代我實現了這個夢想。

臨上船前，又見一大堆婦女聚集在樹蔭下，最前面的一排桌子，後面坐着幾個穿着整齊的男人，像是在開大會。打聽之下，原來是外來的公益團體在教婦女們如何織紗籠（熱帶地區圍在身上的布，手工織成），並教她們如何打理和經營小生意。我問他們有得賣嗎？村長很機靈，他收集了婦女手上織好的紗籠，幾大布包揹到船上讓我們挑，我請船上所有的工作人員出來挑選，當是送給他們的禮物，我和女兒們也夾在中間興高彩烈的搶購，以解很久沒有shopping之饞。那些婦女則在岸邊興奮得揮手嘻笑。付完帳，剩下的印尼幣請村長代我捐給教堂。這個下午，見到許多人發自內心的愉悅，最開心的是我自己。

這個村子的人如此安居樂業，我猜想村長的功勞必定很大，他雖然生長在這原始的鄉下，卻不卑不亢，謙遜有禮。他跟我說，他高中畢業就沒有經濟能力升學，村長一做十幾年，待做滿十五年就必須退休了。

回到了香港，即刻住進隔離酒店隔離七天，腦子裏仍然充溢着小島風光。窗外高樓林立，由窗口往下看，全是世界名牌服飾店。數了數眼前的大廈，從左到右共有六座，要找一找才能看到小片小片被高樓切割的天空。回想在海上的那些日子，只要一抬頭，便可見無邊的天空。在繁榮先進的大都會，到了太陽、月亮交接的魔幻時刻，見到的不是七彩霞光，而是每扇窗口漸次點亮的燈。我經常對着窗外的辦公大樓，思索着遠方海島上那一盞孤燈和此地萬丈紅塵中的碎片天空。

我眼前的都市叢林高聳入雲，每一層都有許多人在營營役役的對着電腦辛勤工作。這樣層層疊疊直通天庭，那麼多人與事，每一個人，每一件事都少不了用電。我心想，如果只有一盞燈的電力，怕是一天都過不下去。

回想我去過的那個村子，腳踩大地，頭頂天空，衣服三件，自給自足，沒有電力，日子照過。或許他們永遠也無法想像都市人如何過生活，都市人也不能想像如他們那般過日子。

同在一個地球，人們的生活彷彿來自兩個不同的世界。我會記得，在那盞孤燈的牽引下與另一個世界的人交會過。

二〇二二年八月十二日

頑皮孩子倪匡

我和倪匡有數面之緣，幾乎每次見面都留下深刻的印象。八十年代初我來香港拍《蜀山》，住在九龍的萬豪酒店，有一天在大廳見到一位身穿鮮黃色西裝上衣的男人和一名妙齡女子，從我身邊走過，非常搶眼，一眼認出是倪匡，平日裏閱人無數，敢穿鮮黃西裝的男人我只見過這一次，他令我大開眼界。

正式跟倪匡見面是上亞洲電視清談節目《今夜不設防》，主持人是黃霑、倪匡和蔡瀾，他們三人一邊喝着白蘭地一邊跟我聊天，平常我接受訪問都好緊張，那次不同，他們輕鬆我也輕鬆，結果出奇的好。轉瞬間已是四十年前的事了，清楚記得那晚我穿的是黑色露肩露背連身上衣，下着黑長褲，外面罩着內層黑色外層墨綠的長大衣，走進攝影棚時，倪匡手握酒杯像個頑皮又好奇的小男生，一直盯着我那件大衣，自言自語「這件大衣怎麼這麼漂亮？在哪裏找的？真是啊……」黃霑忙着跟我說明一會兒要怎麼拍攝，蔡瀾對倪匡的問題不感興趣，任得倪匡在旁邊一再重複那幾句話，讓我感覺又好笑、又可愛。

也是八十年代，我跟湯蘭花在一起，不記得我和黃霑誰約誰，黃霑說要帶倪匡來，那當然不是問題，我們坐着黃霑開的車，下了車他瀟灑的把車泊在大街上禁止停車的地方，就帶我們到酒吧喝酒。現在想想這個組合也很奇怪，蘭花跟他們兩人不認識，我跟倪匡也不熟，而我們倆都沒看過倪匡的書，所以沒甚麼話題，黃霑喝了酒只是拚命的說「林青霞真是漂亮」，倪匡堅持自己的看法「我覺得湯蘭花漂亮」，兩人僵持不下，誰也不讓誰，我跟蘭花尷尬的指着對方「當然是她漂亮」，其他還說了些甚麼一點印象也沒有。

二〇〇六年十月八號，馬家輝和太太林美枝（張家瑜）約我去半島喝茶，說有倪匡夫婦，我那會兒剛開始寫作，一聽大師在，趕忙帶着我寫的幾篇文章去跟他討教。距離上次酒吧見面已經相隔了二十多年，他穿着舒適低調，跟我在萬豪酒店見到的他判若二人，他慈眉善目、沉着穩重，一見到他我就問，記不記得跟蘭花、黃霑喝酒的事，事隔多年他竟然記得，並且說兩個都是大美女，黃霑只誇一個怎麼行，我一定要這麼講。

倪匡與我

（前排左起）我、倪匡
（後排左起）馬家輝、張大春

半島那天張大春夫婦也在座，馬家輝、張大春話題不斷，一直聊到天色暗下來，侍應將蠟燭點上。機不可失，臨走前我拿出一疊手寫稿件請倪匡指點，原以為他會大略翻一翻便給我些意見，沒想到他和倪太太都很認真的一張張看，我見光線不夠，把桌上的蠟燭拿在手上對着稿件，他們就靠着微弱的燭光，把文章從頭看到尾，我真是非常感動。倪大哥抬起頭來清了清喉嚨說道：「文章只有兩種，一種好看，一種不好看。」我緊張的望着他「那我這是？」他說：「好看！」我頓時鬆了一口氣笑出聲來。

倪大哥從美國舊金山搬回香港定居，《明報月刊》老總潘耀明設宴款待，席間還有施南生、金聖華。《明報月刊》期期稿擠，那時候我的文章寫得短，就把我的文字密密麻麻的擠在一頁，倪匡一坐下來就幫我跟潘總爭取頁數，無論如何要他給我兩頁以上，拜倪匡之賜從此再沒有一頁過。

聽倪匡說話真是一大樂事，他常幽自己的默，生活上一些並不好笑的瑣事，經他一說就變得十分有趣，他說有次接到借貸公司的電話問他要不要借錢，他乾脆跟人家聊起天來，問人家借了錢要不要還，借以後能做甚麼用，如此這般在電話裏跟人家扯上十幾二十分鐘，搞得對方挺不住了，反倒匆匆掛了電話。回港後住的房子面積較小，他卻打趣的說房子小才好，跌倒了很容易扶到牆，這便是他的人生觀，別人覺得不堪的事，在他件件都化為生活的情趣。

潘耀明請我們吃飯的中餐廳利苑在IFC大樓，洗手間跟隔壁的日本餐廳共用，要轉幾個通道才到，餐後侍應帶倪匡去洗手間，我們一班人在大樓走道上等，等了很久很久才見他一臉茫然的走出來，像個迷路的孩子，說他怎麼也找不到回來的路，施南生也像哄孩子一樣，趕緊說：「沒關係，沒關係。」這兩天看到報道才知道，他是極沒有方向感的人，連戴的手錶都需要有指南針。

後來，倪太太患上認知障礙症，倪匡疼惜的說，她變得像少女，好可愛。倪太一天會問他好多次「今天星期幾」，他乾脆說「星期八」，倪太終於不再問了，天真的說「那明天是星期九」，這兩個人像是又回到了年少時代。

《今夜不設防》三個主持人走了兩個，二〇〇四年黃霑的追思會在大球場，蔡瀾去鞠躬，雖然黃霑生前說過，他的追思會大家不准哭，一定要開心的哈哈大笑，那天蔡瀾還是一臉悲傷，情緒非常激動。倪匡走了，江青知道蔡瀾一定很難過，寫信安慰他，感嘆人生無常，希望他保重。原來倪匡跟蔡瀾早已有了協議，就是時候到了對方走的話，不准流淚。

記得《明報月刊》有篇文章，說倪匡、三毛、古龍有過生死之約，就是三人之中如有一人去世，一定要告訴其他二人，另一個世界是怎麼回事。結果古龍走了，沒有一點信息，三毛走了，也沒消息，最後只剩倪匡，他一直沒有收到他們二人傳遞給他的任何蛛絲馬跡。現在倪匡也隨他們二人而去。相信以倪匡隨遇而安、樂觀頑皮的性格，不管在哪個世界都是好玩的。

在我眼裏倪匡是單純的、善良的、充滿好奇心的人，他臉上永遠掛着笑容，像個帶給人間快樂的頑皮孩子。

二〇二二年七月

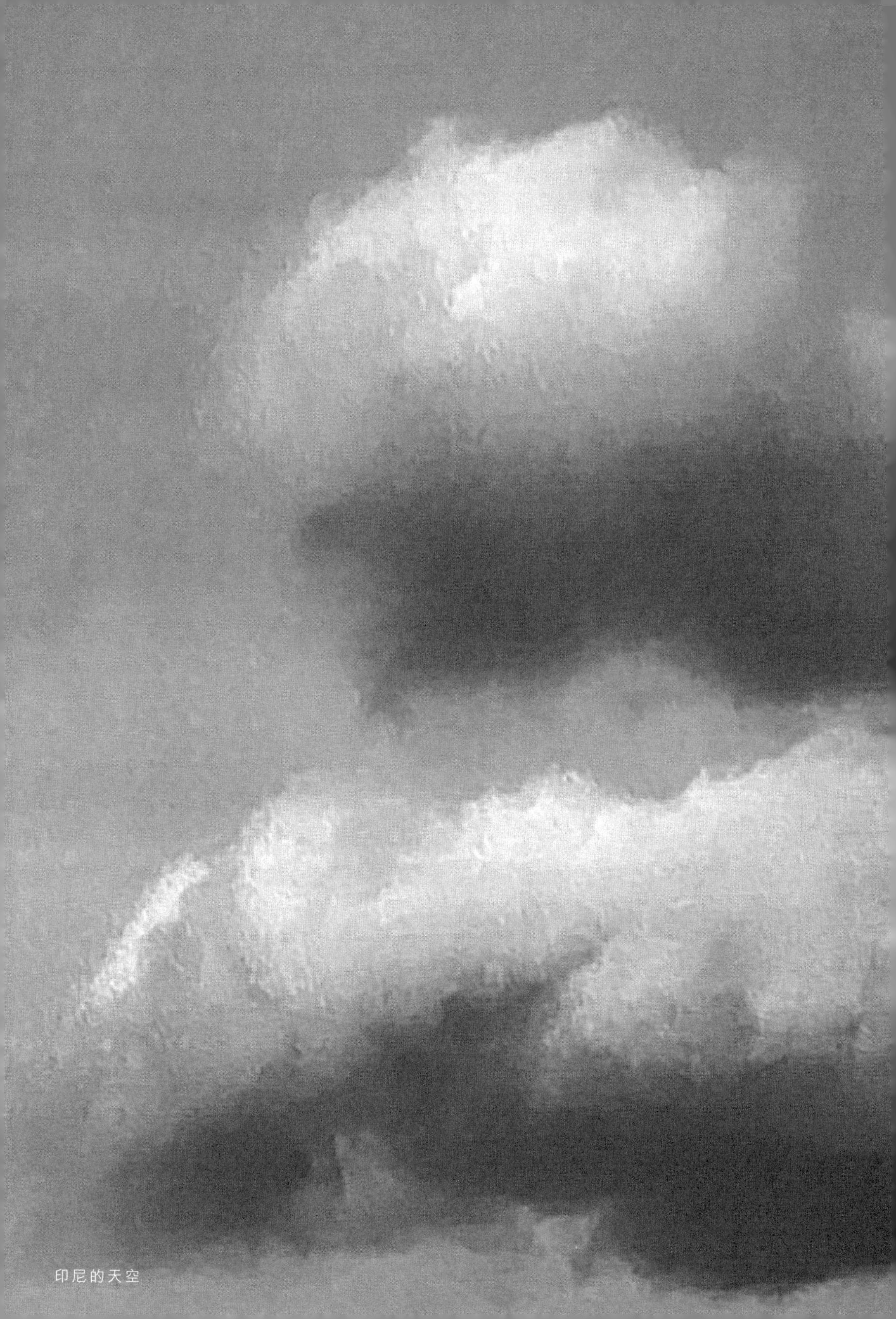
印尼的天空

玫瑰的故事

我不是個愛花的女人，一生中收到過不少花，卻從來沒有認真的好好嗅過。

最近大女兒從外面捧回一束各種各樣的玫瑰花，一定要我聞。我為了捧她場，認真的聞了一下，第一次聞到玫瑰的香味，每一朵花的香都不同，非常驚訝。

原來女兒們去了玫瑰園，花園男主人帶領參觀，並送了許多美麗的花朵給她們。花園開放不收門票，不問來者何人又親自招待，拿走花朵還不收費，這倒沒見過，我非常好奇，餐桌上先生見我問題多多，發表高見「這有甚麼稀奇？種花就是給人欣賞的，就像你寫文章，不也是希望給讀者閱讀的嗎？」我心想這男主人一定有故事，見了那些不同品種芬芳美麗的玫瑰花，我也想去見識見識，小女兒揶揄的說：「你還不是想去找寫作材料。」二女兒開玩笑的說：「你該不會嫁給他吧？」

第二天祖孫三代浩浩蕩蕩的去了玫瑰園，下了車迎面走來一個瘦瘦的男子，一頭多而亂的銀灰色短髮，細藍條襯衫，外罩藍色套頭便衣，上衣和褲子沾滿了黃土，手上拿着一把利剪。他斯文有禮，氣質獨特，完全不像之前見過的地道農民。他靦腆的招呼我們參觀他的花園，五月的澳洲已有秋意，樹上的花朵幾乎落盡，有些枝頭上還是殘留着各種不同顏色、不同形狀的玫瑰。每種花都有自己的味道，自己的風采，花名也取得好。那朵叫Children's rose（孩子的玫瑰）的淺粉紫玫瑰特別芳香，那朵奶白色邊緣泅着淺粉紅的叫Mother's love（母親的愛），滲出淡淡的香味。我最喜歡的是Soul sister（靈魂姊妹），它的顏色很獨特，是Cappuccino色，不過沒有甚麼香味，以前還以為玫瑰是以色分類的呢。

玫瑰園有一千六百五十棵玫瑰樹，男主人二十年前接手的時候才兩百多棵，他愛玫瑰，只種玫瑰，這麼多樹就只是他一個人照顧。他數十年前從愛爾蘭移民到澳洲，三個女兒和他口中的「半個老婆」都對種花沒興趣。園裏有棟老房子，我想大概是他的住所，從外面望過去看到架子上凌亂的擺着一些書，交談中知道他生活簡樸，不多花費，有一次去城裏探望女兒，趁機出去逛了一圈，卻甚麼也沒買，只買了五十

畫老王子

盆玫瑰。聽說他太太是韓國人，問他為甚麼是「半個老婆」，見他神情黯淡，欲言又止，我趕快轉話題。園裏花樹錯錯落落不是很整齊，任它自由生長，每當我讚嘆花朵的美麗和芳香，男主人利剪咔嚓一聲，那朵花的主人便是我了，逛完一圈，我手上的花已抓不住。園裏有鐵架做的拱門，夏天拱門上爬滿玫瑰時也有新娘子來拍照。有幾張供人坐着欣賞花朵的木椅，那天有一棵像是巨傘的玫瑰樹，樹頂還開滿了朵朵玫瑰，幾乎可以遮蔭，看了讓人心花怒放。

原來他也賣玫瑰盆栽的，我們選了很多園裏最美、最香、最喜歡的盆栽，總共才兩百五十元澳幣，女兒給他三百元，他執意不肯多拿那五十元。

我滿心歡喜的捧着花回去，把茶杯、酒杯、水杯和小瓷罐都找出來當花瓶，大大小小、高高矮矮的擺在我臨時的小圓書桌上，像個小花園。午後金黃色的陽光斜斜的映照在花朵上，我的玫瑰欣然迎着陽光，彷彿向它訴說「是的，我知道我很美麗。」原來玫瑰的壽命這麼短，最多才七天，有的只能活一天，如此的淒豔動人，我把握時間在它最好的時刻拍下來、畫下來，企圖把那個當下變成永久。但是你可能不知道，玫瑰樹的壽命居然有五十年。

以前人家問我喜歡甚麼花，我總是不確定的說粉紅色的牡丹，其實對牡丹也沒甚麼研究，現在我可以非常肯定的說我喜歡玫瑰。仔細了解一下，原來香水大部份是玫瑰花研製的，玫瑰除了可以泡茶喝，可萬萬沒想到它也可以做成藥，治頭痛、眼痛、耳痛、嘴痛各種痛症。

說到玫瑰，讓我想到法國作家聖艾舒比尼寫的《小王子》，小王子的玫瑰躲着人梳妝打扮好多天，出來了還要輕聲細語的說自己蓬頭散髮的和太陽同時誕生，它虛榮多疑又驕傲，當它知道小王子要遠行，主動承認愛上了小王子，知道留不住他，也大方的祝他幸福。這段描述把玫瑰寫活了。

拿破崙的妻子約瑟芬也只鍾情玫瑰，她在法國南部的梅爾梅森城堡中建立了一座宏偉的玫瑰園，種植了兩百五十種，三萬多棵珍貴的玫瑰。據說在英法戰爭期間，約瑟芬甚至為一位倫敦的園藝家搞了個特別護照，要他穿過戰爭防線，定期將新的英國玫瑰品種帶到法國來，也許是出於對皇后愛好花朵的尊敬，英法艦隊也曾停止海戰，讓運送玫瑰的船通行。

比起園藝家栽種的、花店裏朵朵完美的玫瑰，我還是欣賞小王子的野玫瑰，我喜歡野生、自然成長的花，總感覺太多修飾反而不美了。玫瑰園的花，朵朵都是獨一無二的，生動得彷彿是在跟你對話。

《紅樓夢》裏的大觀園姊妹們在中秋節賞月，吃大閘蟹時欣賞菊花，大家做詩詠菊，熱鬧得不得了。張大千、黃永玉喜歡畫荷花。國畫也常有人畫牡丹，很少看到畫玫瑰的。我願意做一個只畫玫瑰花的人。中國自古以來多少詩篇，寫玫瑰的卻不多，歐美

頭角崢嶸

詩集倒經常有玫瑰的影子，或許玫瑰代表的是浪漫吧。

第二次去玫瑰園，帶着筆記本專程去訪問男主人。他說自己年紀大了，希望有一位跟他一樣的愛花人能夠接手這個園子。他神情有一點哀愁，身影有一點孤獨，但拿着利剪行走在花叢中卻是步履輕盈的。他是個有情人，園裏有些樹是紀念他逝去的朋友。我和他生於不同的國家，有着不同的文化背景，聊起來竟然有一個共同點，都是喜歡付出和給予而令到他人開心的人。

我問他怎麼看自己，他只有一句話「I'm a humble old rose grower」（我是個呵護玫瑰的謙卑老人）。

在澳洲，五點多，天已經暗下來，我上了車，他孤立在車旁，關門前，我瞥見一彎新月高掛在樹梢，忍不住驚呼「你看！月亮多美！」車子慢慢啓動，我回身望着一頭銀色亂髮的玫瑰呵護者，愣愣的想着，如果小王子當年沒有從地球回到那顆擁有一朵玫瑰花的星球，多年以後的現在，會不會就是他這個樣子。

後記

兩個月的澳洲之旅，我完成了四篇文章，〈玫瑰的故事〉是其中一篇。在離開澳洲前，朋友問我要不要去跟老王子（這是我給呵護玫瑰的謙卑老人取的外號）道個別？我欣然同意。

香港是夏天，澳洲正好相反，天氣開始涼了，我帶了一條之前跟張叔平一起設計的羊毛圍巾、一張我畫老王子手裏拿着黃玫瑰的畫像送給他。花園裏的花更加凋零了，忽見兩朵黃玫瑰在樹頂上生動的互相輝映着，我眼睛發亮直呼好看，老王子走進滿是花刺的枝芽裏攀高剪下，這才發現他的衣服都是破洞。園子的盡頭是一塘美麗的湖水，湖前還有一小塊空地，老王子說他沒有力氣種了，希望另有愛花人接着種。

我把寫好的文章讀給老王子聽，天色漸晚，他提議上我們的車子繼續讀。讀到半個老婆時，他開玩笑的說半個老婆已經變成四分之一了，他說女兒雖然不種花但喜歡畫玫瑰，老王子強調他的玫瑰不是野生的，是自然成長的。

天黑了，我們互道珍重。他下了車，天空沒有星星也沒有月亮，我不忍回望黑暗中的老王子。

在車上我心裏沉甸甸的，回到住所靜靜的把花插上，坐進沙發，手托腮對着那兩朵黃玫瑰發呆，自己也搞不清這是個甚麼情緒，金聖華説可能是你把敏鋭的感覺釋放了，寫作就是需要這個。哦，確實，這幾十年在生活中領略到太敏感就容易受傷，所以許多時候我會封起敏鋭的神經。這會兒或許是被老王子散發出的磁場感動了吧？

在印尼峇里島的船上，我沉浸在大自然的千變萬化中，突然明白了為甚麼我有那樣的情緒，是心疼。就像我心疼日本作家太宰治一樣，太宰治是那麼的憂鬱，那麼的有才華，那麼的自嘲自省，就連生而為人都感到抱歉。

老王子説十一月是玫瑰花最盛開的季節，希望我能看到，也歡迎我到園子裏畫花。

二〇二二年五月

初稿完成於澳洲，定稿於印尼峇里島

SWKIT 鄧永傑攝影

天地
www.cosmosbooks.com.hk

書　　名　青霞小品
作　　者　林青霞
創作總監　張叔平
責任編輯　王穎嫻
美術編輯　郭志民
出　　版　天地圖書有限公司
香港黃竹坑道46號新興工業大廈11樓（總寫字樓）
電話：2528 3671　傳真：2865 2609
香港灣仔莊士敦道30號地庫（門市部）
電話：2865 0708　傳真：2861 1541
印　　刷　亨泰印刷有限公司
柴灣利眾街德景工業大廈10字樓
電話：2896 3687　傳真：2558 1902
發　　行　聯合新零售（香港）有限公司
香港新界荃灣德士古道220-248號荃灣工業中心16樓
電話：2150 2100　傳真：2407 3062
出版日期　2022年10月 / 初版．香港

ISBN 978-988-8550-53-1

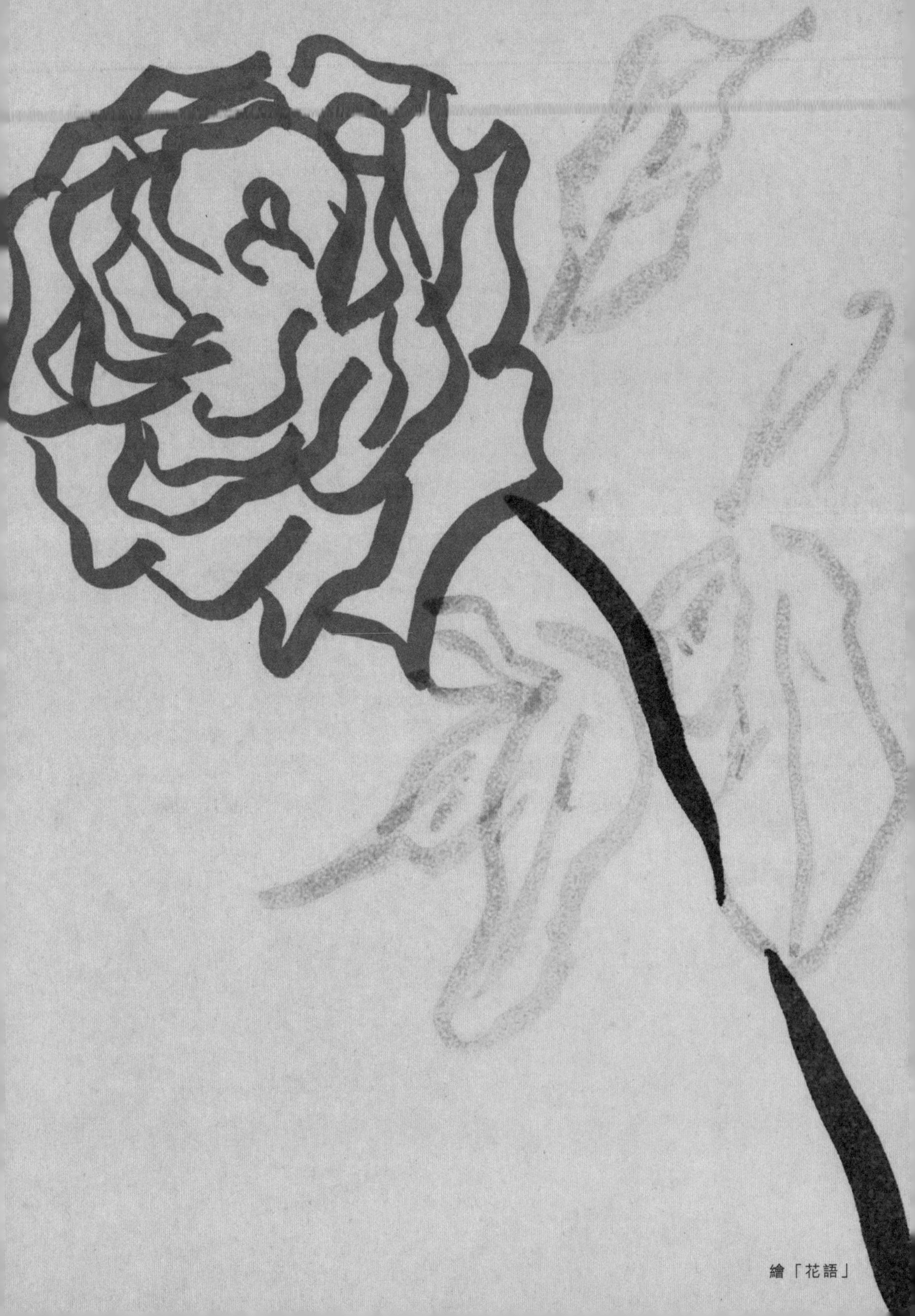

繪「花語」